扶桑社

わたしは灰猫

青山繁晴

人類の新たなる疫病によって、ひとつきりの生を奪われし魂、生きてなお不安に苛《さいな》まれし魂に捧ぐ。

わたしが職業としての書き手なりに持つ国語への信念、そのひとつは、ひらがな、漢字、カタカナ、ローマ字を自在に使うことです。同じ言葉がすぐ近くに現れるときでも、使い分けます。揃えるとは限りません。この一作においても、校正者にそれを踏まえていただくようお願いを致し、諒解されました。

したがって通常の校正基準とは異なる仕上がりとなっています。日本語の可能性をさらに豊かにしていくために、読者におかれてもご諒解をいただくよう伏してお願いします。

(作品によっては人称も統一せず、使い分けます。この作品では、その手法は用いていません)

青山繁晴　拝

平成14年、西暦2002年3月16日、起稿。
平成25年、西暦2013年7月4日、初稿完成。
改稿を重ね、令和2年、西暦2020年7月25日、最後の脱稿。
起稿から18年と4か月余。

1

雨のあがるときは、こんなにも静かだったかなと、咲音《さいん》は待合室の青い柱に背骨を軽く預けて考えている。

日本のいちばんの季節はおまえの生まれた五月だよ、空が晴れわたると、少女の頃に父から聞いていた。その遠い記憶に手を引かれ二十五歳で初めて日本へ帰ってきた。

この西暦二〇一九年元日の夜に高原の町へ着き、四か月のあいだ気持ちの呼吸を整えた。やっと五月一日、山へ入るこのバスターミナルにやってくると、もう四日のあいだ雨音が隙間なくあたりを埋《うず》めるばかりだ。

それが、すぅと素足で去ってゆく気配を咲音はみている。

小型の白いバスがぽつんと一台、待合室から離れて停められたままでいる。動く気配もない。鼻先の伸びた古いバスは、ペイントだけは真新しくみえた。

昨日の朝にはバスの白い屋根で烈しく跳ねていた雨粒が、この日曜の早い朝は、ただ弱く流れ落ちている。ペイントの匂いを嗅ぐ気がして、そんな距離じゃないと思い直した。

たまにやって来るのは青色の四角いバスだった。鼻はない。そのバスが狭い広場を半周して、ゆっくりと近づくたび、咲音は乗り口から身を入れて「源《げん》の原《はら》には行きますか」と聞く。運転士はみな老いたひとにみえた。どのひとも首を横に振り、ひとりは「雨がやまんとな、源の原には誰も行かんな」と咲音の顔をじっとみて答えた。

町の人たちは山に入るのじゃないと気づいた。山の脇をすり抜けて、よその町や村に行くためにバスに乗る。待合室の木の壁に貼ってある地図をよく見ると、源の原への道だけは真っ直ぐに山を貫いていく。

ターミナル近くに宿はない。咲音は登山の備えもしてきていた。待合室に錠が降ろされると、扉の小屋根の下で寝袋に入って雨の夜を耐えた。雨粒が水面《みなも》を深く、浅く刺す小川で口をすすぎ顔を洗う。水から、濃い緑色の匂いがときどき立ちのぼる。咲音は初めはむっと顔を逸らせたが、いまではどこか懐かしく嗅いでいる。

しかしそれも、限界に近かった。

青いバスがまた現れるのを虚ろに待っている自分がもう許せない。アラスカで棲んでいた家の庭の古いブランコは、横柱のリングが錆びた鎖ごと抜けそうで恐ろしかった。父に、直してと言えないままびくびくしながらひとりで揺らせて、泣くのを我慢していた。あの子供の頃に戻るわけにはいかない。今月の二十五日には二十六歳だ。

このターミナルで、乗れないバスの後ろ姿をただ見送って、ほんとうは母を訪ねる勇気のない日々に、けりをつける。バスが行かないのなら雨は強くても山道を登っていけばいい。四日のあいだ寝袋で寝ているよりは、はるかに楽だとおもう。

それができないのなら、もう諦めて帰りなさい。

登るか、帰るか、きょうの午前七時までに決めようと咲音は考えた。すると雨がふと鎮まったのだった。

視線の遠くには、山塊が鋭角に重なっている。深く切れ込んだ逆三角の空に、眼の底が眩しくなる白い色が表れはじめている。

その色にいくらか気持ちを惹かれて、咲音は空を真上へ見あげた。世界が息を吐きながら降りてくる。雨が天へ引いてゆく。

と、かしゃわ、かしゃわとエンジンの呼吸音を立てて、思いがけなく白いバスが動いた。あっという間に咲音の前へ小さな鼻先を回し込み、前方のドアが畳み込まれて細長い入り口がひらいた。

とまどっていると、すぐ背後のベンチで気配がする。水色のペンキがまだ新しい肘掛けを左手で摑んで、老婆が立ちあがろうとしている。ペンキから雨の乾く香りがする。

灰と白の混じりあった髪が両肩に広がり背中の半ば近くまでを隠して、伸び放題にみえる。狭い背が曲がり、瘤に似て盛りあがり、そこへ首がめり込んでいる。その首をおおきく左右に揺らしながら、そろりと体を前へ送る。両足は膝が曲がりにくいのか、ほとんど突っ張ったまま、じりじりと進む。平衡のとれているのが不思議だ。

痩せた若い運転士がバスのステップを駆け降りて、老婆の横に回った。運転士はそのまま、両手を動かしそうで動かさずに肩を怒らせてぎごちなく立っている。

咲音が老婆の手を取ろうとすると、老婆は「大丈夫ですから」と言った。その明瞭な声に驚いて老婆の顔を覗き込む。しかし老婆は、今度は首を俯《うつむ》けて縦に揺らしている。呼吸のリズムを首に合わせてから、息を二度、強く吐き切った。

もっと力を搾る用意をしているんだと咲音は思った。老婆は、作業衣にみえる紺の上下を着ている。それが案外に洗い込まれて清潔なことに気づいた。

老婆は、首を左右に揺らしつつ身体をほんのすこし前へずらし、次に首を縦に振って息を吐き、また左右に揺らして前へ、それを繰り返しながら、やがてバスの入り口の内側へ右腕を伸ばした。

首に動力が仕込まれたカラクリ人形のようだと咲音が眼を見張っていると、老婆は銀色のパイプを摑んだ。両足は、死して乾いた蛙のように伸びている。はぁはぁはぁと今度は三度、息を整えたかと思うと、あっと声を呑むような素早さで、右腕を曲げて軀をステップの一段目へ引き揚げた。

そこで動かない。俯いたまま、ふたたび息を吐いている。バスはステップも床も低い。低いが、狭い。ちいさな老婆でいっぱいだ。

気がつくと咲音は、運転士と肩を並べて立っている。気押されて何もできずに見ているふたりの前で、老婆は、一段目とまったく同じ動作で二段目も上がり、そしてバスの床に昇り切り、先頭の二人掛けの座席に頭から倒れ込んだ。ふたりは息を呑んだ。しかし老婆は動きを切らさない。瘤を背負ったまま、じりりと左肩を起こし、座席前の横パイプを左手で摑んだ。次に右肩を起こして右手でも摑み、両腕で胸をゆっくりと引き起こした。何事もなかったようにパイプを握り締めて前を向き、出発を待っている。

咲音の耳にバスのエンジン音が戻った。

隣に突っ立っている運転士に「源の原へ行きますか」と聞くと、微かに、はにかむように「はい」と答えた。

え、ほんとうですか、ほんとうに行くの。

咲音は思わず、彼の眼を無言でじっと覗き込んだ。「七時ちょうど、発車です」と、眼を逸らさずに答えが返った。

2

バスが走り出すと、窓の外の高い樹林が、濃い霧に半身をみな隠された。バスはヘッドライトを灯し、上り坂の道路がわずかに浮かんでいる。きっと急なのだろう。エンジンの音が苦しげだ。白い鼻先が見えている。

老婆の肩先に、運転士の背中が見える。張った肩に緊張が詰まっている。それでもバスはしっかりと、ゆっくり走っていて運転に乱れはない。

わたしよりも、きっと、ふたつかみっつ若い。おばあさんのところへ駆け降りてきたから、いい人なんだ。でも、おばあさんの助け方が分からない。父と似ている。

細い首に二本の筋が高く浮き出ているところも、そっくりにみえてくる。

アラスカで氷河遊覧機のパイロットをしている父は昨年の十月、早朝の試験飛行に出たまま滑走路に戻ってこない。

遊覧機の客席は狭く、顔が近い。外国から常連の団体客で、流感なのか肺炎を起こして亡くなるひとたちが居て、疾病予防センター《CDC》に暫く客の受け容れを止められた。それでも父は日々、試験飛行を欠かさない。ただひとりの日本人操縦士として、おそらくみなから信頼されていた。「お父さんには何も問題がなかったと思う」と行方不明の電話連絡のとき支配人は言った。

咲音は、家族しか考えないことを考えていた。

帰るとも帰らないとも告げないで、みなの前からいなくなるのは、いかにもお父さんだ。

咲音が勤め先のコペンハーゲンから飛行機を乗り継いでアラスカのシトカに着くと、空港に出迎えてくれた父の同僚のアメリカ人たちは車のなかで「なんの緊急信号もなかったよ」と繰り返し首をひねった。咲音は黙して聞いていた。

国家運輸安全委員会《NTSB》の容赦ない調査でも事故なのか事件なのか、いまだに分からずにいるという。同僚のひとりは「機体が見つからないと誰にも判断がつかないよ。レーダーの航跡はただ不意に消えるだけだしね。交信にも、変わったところは何もなかったから」と咲音に話してくれた。

灰色熊《グリズリー》に物静かな一頭がいるとしたら、このひとに似ているかなと考えながら咲音は頷いた。

父がなぜ消えたか。それを「こうかな」と仮初《かりそ》めに考えられるのはきっと、わたしだけだ。

父は父なりに解決したのかもしれない。

前夜に雨が降ったのだろう、濁った河口に着くと、鮮やかに白かったはずの桟橋はペンキが剝がれかけている。踏むと、木のきしむ音は昔と変わらない。

父の機とおなじく濃紺の胴体の鼻先に黄色いラインが太く一本、縦に入った水上飛行機へ、父の同僚たちと乗り込んだ。操縦士は「きみのお父さんが好きだったよ」と隣の席の咲音に言った。初めて見る顔だった。父が居るような操縦席に、咲音は思わず見入った。

咲音は十五歳の夏までは、「乗るか」と父に訊かれるのを心待ちにしていた。父はなかなか、そう訊いてくれない。やっと、たまに乗っても、操縦席の父は横顔がほんのすこし怖くなるだけで、家のソファに黙って座っているときとあまり変わらずにいた。アラスカのその夏がいつも通り真っ逆さまに冬に向かうとき、咲音は父の誘いに初めて「ううん、乗らない」と答えてみた。父は、それでも表情を変えなかった。オーロラがいちばん光を広げる季節になったとき、もう一度、誘ってくれた。咲音がおなじ答えをすると、父は何も起きなかったように二度と誘わなくなった。

水上飛行機は単発の黄色いプロペラを、がちゃごとと回し始めた。その懐かしい音が、つんと鼻を突くように咲音を打った。

咲音が八歳のとき、父は、風の柔らかなバルコニーの揺り椅子で咲音を珍しく膝に乗せた。宇宙の青に深く染まる夕暮れ時だった。「やっぱり死ななきゃいけないのかな」と咲音に聞いた。後ろ向きの耳たぶに口を寄せて聞いた。答えは何も望まれていないことが、父の顔は見えなくとも少女の咲音に伝わってきた。

プロペラの勢いがついてくるとエンジンと排気の音もきれいに整い、桟橋からあっさり離れる。

しばらくは両翼の下の浮舟《フロート》を小波にぱたぱたと叩かれながらゆっくり進んでいたが、やがてエンジン音を急に甲高くして低空へふらり舞い上がったと思うと、一気に鼻をあげて高みを目指した。パイロットは「われらが友のために」とひとことだけを機内通話のマイクに吹き入れた。このちいさな遊覧機でこんなに高く上がるのは、わたしは初めてだと咲音は思った。

深々と雪に満たされた円い地表を、ほのかに青を湛えた氷の河がうねり、白いベーリング海へ沈黙劇のように落ちてゆく。

父はきっとあの海に、ひとりで、しずんで、底にいる。

いや、海のなかに崖があるのなら、そこに機体が引っかかっていてほしい。光が、弱くても届くから。

面長の顔が操縦桿へ前屈みに、ゆらり揺れているのか。あの黒い太い髪が闇のなかで額にかかるのだろうか。眼は、閉じていてほしい。開けたままでいないでほしい。

お客さんがいないときに墜ちる。父にできるのは、それだけだったんだ。

咲音がニューヨークのコロンビア大学医学部から郵送された入学許可書を父に見せると、父は短く眺めてから、咲音を見ないまま「いつまでも死なないのも怖いな」と英語で言った。

I am also scared if I shall live forever.

咲音は、膝の上の自分に父がちょうど十年前に言ったことを、夕暮れの色とともにありありと記憶していた。それを父が覚えていない、咲音が覚えていることも父は知らないと悟った。

父は、何があってもいつかは死ぬのが怖い。永遠に死なないなら、どこまで続けたらいいのか果てがないのは、もっと怖い。命として生まれてしまったことが怖い。父からそれを感じて育ったわたしも怖いのに、自分のことだけ考えて、ちっとも気づいてくれない。

わたしはなぜ、あの父を選んだのだろう。

咲音は、限りなく重ねてきた自問の言葉をもう一度、源の原へ向かうバスの中で胸に浮かべた。

咲音が二歳と七か月のとき、父と母は離婚を決めた。母の実家の庭で咲音がどちらの手を取るかに任せた。誰もが母の手に小さな手を伸ばすと思っていると、冬のコートを着せられた咲音は父の膝下に抱きつき、それから両腕を伸ばして腰にまとわりつき、両手で父の右手をしっかりと摑んだという。

父は、わたしを連れて行きたかったのか行きたくなかったのか、それも分からないと気づいたのは、咲音がアラスカで中学への入学を控えたころだった。父は氷河にも関心がない。何もない空にだけ、こころを向けているのが、わたしの選んだ父だ。そう思った。

父は何もしなかった。

咲音は、それがふと恐ろしくなる。何をしなくても生きて、何をしても同じことで、やがて跡形もなく消える。

咲音は大陸を南へくだりニューヨークのアパートに移り棲んだ。狭い窓から、切り取られた空が見えた。咲音はアラスカの果てしのない空より、むしろ安心した。コロンビア大学で免疫学の研究者となってからデンマークへ移って、政府系の研究機関で働きはじめた。

咲音は、トレッキングパンツの赤い膝に置いた両手をみる。

おかあさんはあの時、両手をこちらへ伸ばしてくれていた気もする。その手をもしも選んでいたら、わたしはこのバス道をどこかの学校へ通っていたのだろうか。

そこまで考えたとき、誰かの手が、咲音の左肩を通路から強く摑んだ。

身を硬くする前にもう、その手は前の座席の手すりを摑んでいる。

茶色い上っ張りを着た女性が、手すりを次々に摑みながら進み、先頭の座席へ倒れ込んで老婆の肩に肩をひどくぶつけた。

咲音は思わず腰を浮かせた。女性は「横へ行ってんか。あんたに話があるねん」と老婆に向かって言い、身体で老婆を窓際へ押しやった。

知り合いなのだろうか。女性もかなりの高齢にみえる。八十代も半ばを過ぎているだろう。老婆も同じくらいか。

老婆は短いあいだ女性の顔を見たが、表情は髪に隠れて見えなかった。いまは真っすぐ前を向いている。

老婆の顔のすぐ前の運転士の背中が、いくらか強張ったようにもみえる。

「あんたはな、今はな、ハイネコや」。女性が大声で言った。咲音は意味が分からない。

「ハイネコのくせして、何をしてるねん。あんなとこに住むな。あそこで、何をけったいなことを、してんねん。出てけ」

老婆は小さな背を伸ばし、瘤にめり込んだ首をわずかに起こすようにみえる。

「あんたな、もう、お姫さまでも若奥さまでもないで。わかっとんのか」。女性は、かっと反発するように叫び「いっぱい、死なせたからな、ばちが当たってな、ハイネコになっとんのや。もう昭和の話やけどな。そら、ふた昔前の話やけどな、誰も忘れてへん」と勢いづいて言った。

老婆が、がっくりと首を垂れた。女性はその首筋にぐいと頭を近づけ「若奥さまのときに、ほどよう肥えとったな。今は、がりがりのハイネコや。ハイネコやからな、もう死ぬんや。それやのに何をしとんのや。気持ち悪いやないか」と、さらに声を張りあげた。横顔の口元が皺ですぼまっている。そこから、舌なめずりする音の聞こえる錯覚がした。

咲音はほとんど意識なく立ち上がって進み、女性の肩口に屈み込んだ。

「どうしたんですか」

「なんや、あんたは」。女性は、暗い藤色に濁った黒目を上げた。

「嫌がっていらっしゃるじゃないですか。おやめください」。咲音は、老婆の垂れた頭を見ながら声を強めた。髪のばらけた間から細い首筋がみえている。

「おやめくださいぃ？　うちが何をした、言うねん」と怒鳴りながら、女性は軽くうしろを振り向く素振りをみせた。

バスの最後尾の長い椅子に、女性と年配の近い女性たちがずらり並んで座っていることに咲音は初めて意識が向いた。バスが七時に出るまでのあいだ、確かに何人もの女性が乗ってきた。それが狭いバスの中で群れるとは思いもしなかった。

女性は、咲音の白い登山シャツから赤のトレッキングパンツに眼を落とし、頑丈な黒い登山靴が真紅の太い紐で堅く締めあげられている足元まで、じっくりと眺めてから顔を振り上げた。

「あんた、よそもんの癖してハイネコの味方なんかして何のつもりや」

「ハイネコって、なんですか」

「ハイネコはハイネコや。若奥さまのなれの果てや」。女性は洞窟のような口を開けて笑った。

「ハイネコも分からんと、黙っとき」

「いいえ、人の迷惑になることは、いけません。ご自分の席に戻ってください」

女性はひるんだのか、眼を逸らせた。運転席の後ろの手すりを摑んでいる女性の指先は、爪がことごとく黒く変色している。咲音は、自分が妙なことをしている気もしたが声を励まして「そこを、どいてください。私が座るんです」と続けた。

そのまま終点まで、咲音は老婆の隣に黙って座っていた。老婆は首を垂れたまま身じろぎもしない。ひょっとして眠っているのかとも思ったが、硬い空気が伝わることからすると、そうではないようだ。

老いた女性の一群は、終点のひとつ前の停留所で足音を荒らげて降りていった。咲音と争った女性は、咲音よりも運転士に「けっ」というような声を投げつけて降りた。運転士はただ前を見ていた。

きみはなぜ、何も言わない、何もしないの。

女性たちが降りても、老婆はすこしも動かない。窓の外に、集落が樹液のような霧に沈み込んでいる。

バスは古道なのか細い脇道へ入っていく。咲音はかすかに胸騒ぎがした。乗客は老婆と咲音の二人になっている。

すぐに、これまでよりずっと急な山道になった。ちいさな白バスは鼻先を持ちあげるように唸り、それが二十五分ほども続いた。

そしてバスは狭いコンクリートの上で転回し、ゆるり穏やかに停まった。

ここが源の原かな。いやきっと、ここからまだ歩いて行くんだ。

あたりには人家の気配もない。

「さいんと、お母さんとお父さんと、それからお祖母ちゃんが棲んでいたところは、源の原という山んなかさ。雨が多くて、日本でいちばん多くて、だからほかには、ほとんど家がないんだ。源の原の雨は、棒みたいに降ってくる。お母さんとお父さんは、雨の番をしてるみたいだった」

父はこの話だけは繰り返し、いつも同じ口調で教えてくれた。

咲音は、十五歳までは父に質問をした。どうして、そんなところに棲んでいたのか。父と母が別れたのは、なぜ。咲音をそこで育て続けるかどうかをめぐってのことだったのか。父は「うん、あれはお母さんのお祖父さんの建てたうちでね。さいんはそこで、お父さんと同じ五月に生まれたんだよ」とは話してくれた。しかし、それ以上のことは「いつか、お母さんに聞いてごらん」と言うばかりだった。

咲音は地団駄を踏むように、こころのうちで苛立った。父はほんとうは何もしてくれない。自分の楽なところまでしか、しない。咲音はやがて聞かなくなった。そして、とうとう父は永遠に隠れんぼをしてしまった。

このおばあさんも雨の番をするひとなのだろうか。

咲音は「さぁ、降りましょう」と座ったまま声をかけた。

「大丈夫ですから」。その答えは、やはり澄んだ明瞭な声だった。そして老婆は初めて、咲音に向かって顔をあげた。

咲音は見とれていた。何もかも取り返しのつかないのが生きることだと思わせるような深い皺のなかで、両眼だけが黒く丸くきれいに開き、静まっている。

アラスカで死んだ祖母は、老いるにつれ眼が埋《うず》もれて細くなっていった。祖母は、咲音の父を「一人息子のあんたが、こんな寒いところに来るからや」と口癖のように詰《なじ》って、とうとう氷河も見なかった。

このひと、なんでこんなに眼が明るいの。

老婆は右隣から真っ直ぐ、咲音を見ている。

「来ますか」

「え」。老婆が何を言ったか分からない。

「私の家に、来てくれますか」

運転士が昇降口の下に降りて、こちらを見あげている。

「来てくれますか」。老婆がもう一度言った。

「はい、行きます」。思わず答えて頷いてから、わぁ困ったなと、うつむいた。

お母さんと会う勇気が、またなくなるかもしれない。行きますって答えるなんて、どうしたのかな、わたし。

迷ったまま老婆の眼をのぞき込んで「行きますけど」と咲音は半端な声を出した。

「あの、このバス、もうどこにも行きません」

高校生のような声が聞こえて、見ると、運転士がハンドルの横に上がって来ていた。

咲音が思わずちいさく吹き出すと、息を詰めて咲音を見ていた老婆が丸い眼をほっと和ませた。声はない。

このおばあさん、きっと何年も笑うのを忘れていたんだ。いや、何年どころじゃない。たとえば十年をたくさん超えているのかもしれない。そう思ったとき咲音は立ち上がっていた。

「そうですね。バスは行かない。じゃ、わたしたちだけで行きましょ」と手を差し伸べた。

老婆はバス乗り場の時とは別人のように、すなおに手をのばした。

灰色に縮んだ皮が骨に貼りついただけの腕にみえる。摑むと折れそうな気がして咲音は一瞬ためらい、それからしっかりと肘のうしろを摑んで引っぱった。

3

バスの終点の狭いコンクリートから山の胸元深くへ、獣道《けものみち》のような細く長い道が平らに延びていく。咲音はもっと登り坂が続くような気がしていたから、すこし意外に思った。

その道の始まりの低い樹の陰に、車椅子が置いてあるのが見えた。「おばあさんのですか」と咲音が聞くと、わずかに頷いた。「ここへ動かしてきましょうか」と顔を覗き込むと老婆は髪の奥で、はっきり首を振った。

そして、その首をやはり仕掛け物のように使いながら両の足を引き摺り、じりじりと車椅子へ近づいていく。咲音の左手の中の老婆の右手はすぐに汗ばんだ。

咲音は嫌ではなかった。むしろ手が不思議に馴染んで、咲音はいつの間にか、じぶんが手を引かれているようにも感じている。

咲音が大きなザックを背に負っていて、老婆は手ぶらのせいもあるかもしれない。しかし老婆はバスを降りてから、どこか生き生きしている。

ここに帰ってくる人はほとんど居ないことが、車椅子をみるだけで咲音は分かる気がした。

はないのだろう。

ただそのまま置いてある。たっぷりと濡れている。登山客がわざわざ車椅子を持ち去る心配

老婆はやっと車椅子にたどり着くと咲音の手を離し、袂からそろそろと薄手の白タオルを出して座面を一度だけ拭いた。まだ濡れている。「拭きましょうか」と訊いた。答えはない。老婆は無言で、右手だけで車椅子の右の肘掛けを摑んだ。あぁ集中しているんだ。右腕に力を入れ、ちいさな尻をじわりと座面に向けて回していく。咲音は、肘掛けの濡れぐあいも気になる。唸り声がうぅぅと山の空気に時折かすかに響く。

そして最後だけはひょいと、軽く乗ったようにみえた。咲音は目の錯覚かなと呆気にとられた。しかし両足が添え物のように足台に乗せられたのを見て、現実に戻った。

老婆はまっすぐ前を見て、右手の下に鈍く光っていたブレーキレバーを、かたんと軽く外した。そして両腕で、銀に濡れた外輪を回す。車椅子はそろりと出発した。

道はほとんど平らに長く、咲音は四日の野宿の疲れも感じていた。右横で老婆はずっと黙して、両腕をやすむことなく動かし着実に進んでいく。「おばあさんのおうちは遠いんですか」と聞いてみた。黙って頷いたようにみえるだけだった。

道はそのあとも登りにも降りにも転じることなく、たゆまずに続く。「どこまで行けばい

いんですか」と思わず小声が漏れた。しまったと老婆の顔をみたが、灰と白の長い髪に隠れたままだ。

なんだか馬鹿馬鹿しくなって空を仰ぐと、樹林のうえが高く晴れあがっていることに気づいた。バスが出発するとき雨はやみそうだった。しかし、すぐに霧の深海のなかへ入った。バスを降りて道を辿ると、ほら、初めてほんとうに晴れた。咲音は無言の山歩きが、ほのかに愉しくなった。

やがて緩く、大きく、右へ曲がっていくと枝という枝から降りかかる光のなかで、すべてが苔に分厚く覆われている。向かって右手に巨木が横倒しになり、鯨の肋骨《あばらぼね》のようだ。深く抉れた胸元にも苔が塗り込められ、剝き出しにうねっている太い根も、苔が覆い尽くしている。

降り続く雨が土を流してしまうのを苔がとどめて、森を守っているのか。

大学と勤め先で科学の訓練を受けてきた咲音はそう考えながら、たゆまず進む老婆の車椅子についていく。

次の倒木が現れた。ずっと先に頭があり、頭の横に左腕が投げ出され、その下に小ぶりな胸があり、そして咲音の手前で両足を広げる女神のようだ。全身に鮮やかな緑の苔をまとっている。ところどころに薄茶の色も見えている。神の身も、いずれ死ぬ。その死せる肌なのか。

アラスカの小学校で習ったマイア神を思い出した。若さと再生を司るマイアの絵は、子供心に五月の神にふさわしくて、好きだった。六月の神のジュノは結婚の女神だけど嫉妬の神さまでもあって、すこし見たくなくて、月が替わっても五月の絵を見ていた。中学のとき、哲人がドイツ語で「神は死んだ」とかつて説いたと知り、神さまだけは死なないはずなのにと驚いた。

女神の投げ出された両足のあいだに、薄青い五弁のちいさな花が群れている。それも見送りながら咲音は「おばあさん、ちょっと待ってください」と思わず声に出た。

老婆は止まった。何も言わない。前を向いたままだ。

休息は要らないのかな、わたしは邪魔をしてしまったのかな。

そう考えながらも咲音は、周りをじっくり見たい気持ちを抑えられなかった。あっ、と小声が出た。

枝と見分けのつかないトカゲ、いやトカゲじゃない、山の図鑑で見たハコネサンショウウオなのか、薬指の先っぽのような小さな顔を出している。濡れた、濃い茶色の身体に朱色の斑点が散っている。雨蛙の顔を細身にしたような童顔で咲音と老婆を一瞬みると、ぜんまいの間をすり抜けて消えた。

水を含んだ風の重い音が聞こえ始めた。

気がつくと、枝の水滴に、うしろの山が丸く映っている。山が重なるなかで、なぜこんなに平らな道なんだろう。

老婆がまた進み始めた。咲音も黙して進む。

と、老婆を忘れて佇んだ。

左側の樹林が切れ、影のように遠く連なる山々が中腹に霧を巻きつけている。手前になだらかに下る草原が広がり、長い首の鹿がいる。

首を伸ばして自分の背の毛をむしゃむしゃと食べている。やがて、隣にいる仔鹿の背中の毛を食べはじめた。母にみえる鹿は目を閉じ、仔鹿の喉の毛もむしゃむしゃ食べる。仔鹿はずっと眼を開けて立っている。喉を上げた。母が食べやすいようにしたのだろうか。

すこし離れて角《つの》をたてた男鹿が、強い眼を咲音と老婆に当てた。父だ。逃げる気配はない。

山にいる鹿は親が仔の毛を食べてやって体温を調整すると、アラスカの山仲間の青年から聞いたことがあった。

気がつくと、老婆が咲音を見あげている。咲音が老婆から目を逸らせようとすると、老婆も咲音から視線をさらに上に移した。つられて見上げると、白い月が真昼の空にある。

「あの月もいなくなるんです」

咲音は、言うはずのなかった言葉が口を突いて出た。「お月さまは、ほんとうは一年に四センチづつ、わたしたちから遠ざかっています」

老婆はぴたりと咲音の眼をとらえている。

「空のぜんぶが遠ざかっています」

「いま？」

老婆が静かに尋ねた。

「はい。やがて時間も止まります」

「ぜんぶ死ぬん」

咲音は頷いた。

「あなたは、そういうこと、調べてるひと」

「そういうことも調べてます」

「あなたの本職」

「はい。でも、休職中です」

なぜ、と聞きそうで聞かずに老婆は黙している。

眼が変わった。丸く、底が明るく、そして静まっていた両の眼がぎらぎらしていると咲音は思った。若いとも言えるのだろうか。いや、そんなきれいなものじゃない。

「わたしは死ぬのが怖い」

老婆はいきなりそう言った。

「怖くないでしょ、あなたなら」

咲音はおのれの言葉に驚いた。わたしこそ死ぬのが怖い。こんなに強そうなお婆さんなら怖くないでしょ。

さすがにそれは言わずにいると、老婆は眼の色を一瞬で消して「霧は、怖かったん」と聞いた。

え、バスの中でわたしを見てたんですか、顔を上げなかったのにと考えながら「怖かったです」と答えた。

老婆は、にっと笑った。「おんなじや」と言った。

「おんなじ？」

「そや、このへんのもんはみんな、霧が怖い。一本足の妖怪がおる、見たら生きて帰れん」

「妖怪、そんな話じゃないですよね」

老婆は、つまづいたように咲音を見あげ、しばらく黙ってから「今日はこないに晴れて、びっくりや」と呟いて俯いた。

「何が怖いんですか」。咲音は、また言うはずのない言葉をいぶかしく思いながら、おのれを止められずに老婆の頭上から聞いた。

老婆は笑みを消して、咲音をもう一度、見あげた。

「死なないかんのか」と強く息を吐くように言った。

「こんなお婆さんや。もうすぐ死ぬのは当たり前やとおもてるやろ」

咲音は面食らった自分を立て直すように「わたしだって、たった百年経てば居ないんですから。そんなこと、思っていません」と即座に答えた。

「百年経ったら、死ねんようになるって、ほんまか」

咲音はあっと、ちいさく息を呑んだ。父がここに居る。

「なんで、そんなこと、聞くんですか」

「そやろ。そのうち、全部を入れ替えて死ねんようになるんや」

「全部を入れ替えても、いずれ死にます」

老婆の眼に逆らえないと思った。言うべきを言うしかない。

「何もかも全体が、いつか死ぬんです」

そこまで言って、詰まった。この老婆をどう考えてよいのか、話がどこまで分かるのか。

老婆は前を向いて車椅子をふたたび進め始めた。咲音も黙して真横を歩いた。

4

車椅子が葉を踏んでいく音が静かだ。秋でもないのに、死せる葉が道を満たしている。右手に、ほぼ垂直に切り立つ広い岩が現れた。白い流れが細やかに何本も、数え切れないちいさな滝のように一面に湧き出て岩の根元に吸い込まれている。それに見とれながら、ゆったりと左へ大きく曲がると、樹林のなかに灰色の瓦屋根が現れた。小さく、高く、陽射しを浴びている。

咲音は無意識に大きく息を吸った。覚えのあるような香りが肺いっぱいに入ってきた。咲音に、草の葉のうえの雨蛙の手触りが蘇る。指で触れても動かない。背中はつるりとして、腹でわずかに引っかかり薄皮がよじれる。引っかかっているのに、柔らかく指に馴染む。

初めて戻ってきた記憶だった。咲音は立ちすくんだ。

老婆は、車椅子の肘掛けに髪が触れるほど深く頭を下げ、無言で礼を言うように咲音から離れていく。

眼のまえに広い門が開けていた。敷地のなかに二棟が建っている。右の奥に、高くて細身の洋風の建屋がある。その屋根が最初にみえたのだった。瓦屋根のすぐ下に大きな窓があり、その下は、どの階の窓も縦長に細い。壁は土ぼこりの色をしている。

正面に、平たい大きな日本家屋がある。

その巨大な屋根に、瓦が落ちて黒い虫食いのようにみえる箇所がいくつもあることに気づいた。よく見ると、屋根は中央がいくらか盛り上がり両端が逆に垂れている。崩れながら止まっているように見える。

門に表札はない。

老婆の車椅子はゆっくりと門のうちへ入り、すぐ左手へ、そろそろと進んでいく。

咲音は胸騒ぎもして、動けない。

正面の屋敷の玄関から、老婆は左へ逸れていくばかりだ。咲音も両の手で胸を押さえながら門の内にすこしだけ入り、老婆の背を見送る。

その背中の向こうに二本の高い銀杏の木が青く揺れている。風がまた、すこし出てきた。

銀杏の陰に納屋のような建物がある。小さくはない二階建てだが、忘れられたように朽ちている。

狭い入り口は、引き戸が一人の身体ぶんだけ開いている。老婆は車椅子をそこで降りようと、もがいている。と思うと、戸の端に右腕をかけて中へ消えた。

咲音は迷いながら納屋に近づき、半身を中へ入れてみた。天井が低い。暗がりに眼が慣れてくると、浅い角度の階段がある。老婆が取りついているのが眼に入った。

頭を下げ、んはあ、んはあ、荒い息を吐いている。両手はしっかりと左右の手摺りを摑んでいる。少しずり上がっては、黒く凍らせた蛙のような両足を引き上げる。声をかけることも、手を出すこともためらわれた。

老婆が二階に消えたとき、咲音は自分の登山靴を見おろした。

わたしはこの丈夫な足で、何をしてるんだろ。この屋敷のことを聞きたいなら追いかけて聞けばいい。

ザックを両肩から抜いて土間に置き、階段を上がった。二階に頭を出すと、老婆はすぐ近くに正座している。二十畳ほどもある明るい空間が広がっている。

新しい匂いがする。新しいけれど、馴染みのある気もする。そうだ、藁の匂いがしてるんだ。

しかし藁はどこにもない。板間が広がり、目の前に畳が三畳だけ敷かれ、その隅に老婆がいる。家具らしいものは小さな文机と、老婆の背後に黒っぽい簞笥がひと棹あるだけだ。

咲音は階段を昇りきって、板間に立った。そのとき顔がやわらかく何かに押された。空気が大きな手に変わって、包むように、微かに押すように顔にあたる。

風なのかなと、古びた木の壁にある大ぶりな窓を見た。窓は、桟の入ったガラス戸がぴたりと閉じている。銀杏の青葉がすこし歪んでみえる。ガラスが均一ではないようだ。よほど古いのだろうか。それにしても風の入るところがない。階段へ開いた口にも風の気配はない。

咲音は、老婆に呼びかけることをためらった。ためらう理由はないと思い「おばあさん」と声をかけながら、畳に近寄り、板間に両膝をついた。

老婆は髪のあいだから微笑した。ほのかに甘いような空気が咲音の顔にあたる。

さっきの空気も、おばあさんから出ていたのかな。

そう考えながら咲音は恐れに似た気持ちを感じて、いくらか狼狽した。老婆は同じ表情でいる。

「お上がりに、なってください」

老婆が口を開いた。「に」で上がり「なっ」で下がり「て」で上がる、滑らかな西のアクセントが板間に響いた。

赤い紐を解いて登山靴を脱ぎ、畳に上がり、老婆から遠い隅に正座した。老婆は気づかないうちに膝を崩している。咲音も膝を崩した。

「おばあさん、ここは納屋だったんですか」と聞いてみた。

老婆は「牛小屋です」と答えた。牛小屋、ああ階下には昔、牛がいたのかなと考えた。この二階は天井が高く、階下の天井は低い。一階は、なにか汗の出る作業がおこなわれていた気配が詰まっているようにも感じた。薄闇の奥に、黒い大きな水槽のようなものもあった。

「おばあさんは、ここに棲んでいるんですか。お名前は、どこのお生まれですか、お年は」

一度に聞いて恥ずかしかった。

老婆は微笑し「ここが住まいです。名前はハイネコ、灰の猫です。猫が、牛小屋で人間の顔してね、満八十九歳になってまで棲んでます」と答えた。

八十九歳。そんなに。

咲音の無言の眼を見て老婆は「昔なら、ひとり住まいなんて、できるわけないやんな」と言った。

確かに。わたしなら九十歳近くのひとり住まいで、落ち着いていられるだろうか。

名前も言わないこのひとは、何者なんだろ。

「ハイネコって何ですか」

わたしは小さな子供みたいに、相手にかまわず自分の聞きたいことを聞いている。

「季語やん」

老婆は、ほのかに笑った。咲音はまた、その黒い眼に見とれた。

「昔はね、竈《かまど》があったでしょう。土で造って、上に鍋を置いて、下から火であぶるん。冬になるとな、寒がりの猫が、火を消したあとの竈のなかに籠もって灰まみれで出てくる。そやから、冬の季語やん」

はぁ灰猫と、声が出た。

「そやけどこの辺では、みすぼらしい捨て猫みたいな女の意味で使うん」

咲音は軽く混乱する気持ちに襲われた。目の前に座る老婆は、確かに捨て猫にみえる。それも猫らしい敏捷な所作をほとんど失った、老いた捨て猫だ。なのに語り口は明晰で、ふくよかな手触りがあるようで、あえて言えば若い。

「あんたは、昭和を知らんのやな」

「はい。平成七年生まれです。灰猫さんは昭和五年生まれですか」

「よう、すぐ計算できるな。わたしは、この下の村に生まれて十五歳で村の人のお嫁になって、一緒に東京に行ってました」

灰猫はなぜか表情を陰らせた。咲音は、あらためて老婆を見た。

顔から背中の半ばまでを覆う髪と、瘤のような背中が、この人の見かけを決めてしまっている。だけど、ふつうのおばあさんじゃない。

灰猫は座り直し「先ほどは、ありがとうございました」と深々と首をさげ、両手を重ねて畳についた。背にのめり込んだ首とは裏腹に、皺に覆われた両手の動作は美しく引き締まっている。

慌てて礼を返しながら「いえ」と答えた。

「お茶も出しませんけど、こんな灰猫のつこうてるお茶碗は気持ち悪いかもしれへんから」と、またほのかな笑いを浮かべた。

「いえ」

咲音はあまり言葉が出ない。背中をいくらか反らせた。重く柔らかい空気が額や頬を包むように押すのを、ありあり感じる。その空気には、確かに重さがあって手で摑めるようだ。

咲音はもう一度、室内を見回した。住まいに改造してあるようだが、文机と簞笥をのぞいて見事に何もない。座布団もない。

「あなたは、この牛小屋に来たのは初めてでしょう」と灰猫が言った。

咲音はすこし驚いて「えぇ。もちろん」と答えて首を傾げた。

そして「わたしは、さいんです」と下の名前だけを簡単に伝えた。老婆が灰猫としか名乗らないことに、わけが必ずある気がしていた。

「はい」。灰猫は、確信に満ちて頷いた。「バスのなかで、そう思うてました」

「え」

「あなたは、さいんさん。咲く音と書いて、さいんさんやね。このお屋敷で生まれた女の子や。二歳までしか居なかった。そのあとずっと、外国で育ちはった」

咲音は一瞬だけ息を呑み、そのまま灰猫の静かな言葉に向かって真っすぐ聞いた。「おばあさん、あなたは、わたしと繋がりのあるひとですか」

「血縁はなにもありません。わたしはこの下の村に棲んでて、あなたのご家族のことを知ってただけ」

「わたしの母はどうしたんですか」

「四年まえの春に、ここを出て行かれました。そのとき、このお屋敷を売りに出しはったけど、買うひとは、いてはらへん。ずっと放ったらかしやった。五か月まえに、わたしが業者さんから買いました。ただみたいに安かった」

母が、いない。母も、いない。

「母はどこに行ったんですか」

「村のどなたにも何もおっしゃらなかった。ごめんなさいね、なんにも分からへん」

「じゃ、母が今どうしているかも」

「きっと村の誰も知らへんと思います」

咲音は叫び出しそうになるのを、ようやく抑えていた。

母は父よりもずっと先に、わたしから遠ざかっていた。

「咲音さんのお母さんと話したことはあります」

えっと咲音は顔を上げた。

「わたしはまだ足が丈夫やった頃、このあたりが好きで、ときどき散歩に来てたん。そのとき、たまに会《お》うた、道でね」

咲音は「どんな」と言って、その先は声が出ない。どんな話をしたのですか。

「いつまでも、いいお屋敷ですね、周りに馴染んでますねと言うたら、そら、きれいに笑いはって」

灰猫は、迷う顔になった。

「いえ、教えてくださいI」と咲音が言うと「この屋敷に馴染めへん人もいます、そう言わはった」

「父のことですか」

「そうとは言うてはらへん。そやけど、わたしも、そうかなと思った」

祖母から聞かされていた話を咲音は考えた。父は教えていた大学を辞めて無職になり、祖母とともに、この母の実家に移り棲んだ。

源の原からバスに乗って遠い中学に通っていた母は、十六歳で高校に入るとき、三重県の津で遠縁の家に下宿した。その家は東京から一時期だけ移り棲んでいた一家で、長男が父だったという。

「母が幾つぐらいの時ですか」

「さぁ、咲音さんのお父さんと別れはる、そのちょっと前やから、三十歳になるかならんか」

わたしは二歳になったばかりだろうか。息苦しくなってきた。もう聞きたくない。わたしは肝心なことは知りたくないんだ、後回しにしたいんだ、やっぱり父に似ている。

「ね、わたし一度、戻ってきます。それから、またここへ来ていいですか」と自分で予想しなかった言葉が口を突いた。

灰猫は、にっこりと頷いてから「どこへ戻るん」と聞いた。

落ち着いたその声が、咲音には胸を突き飛ばすような厳しい声に思えた。いや、戻るところはある。コペンハーゲンに戻って復職すればいいんだから。

咲音は立ち上がり、階段が真下に見えるところで振り返った。

灰猫は俯いていた。髪で顔が見えない。バスのなかの灰猫に戻っているようでいて、いや、そうじゃないと咲音は考えた。

5

咲音は一階に降りると、薄暗がりに置いたザックをしばらく見つめた。

これまで父とは違うひとだと長年、思ってきた母が、どこか父と似ているひとなのかもしれないと咲音は考えた。

お母さんなら、父よりはずっとわたしに、かまってくれる。そう勝手に思い込んでいただけなのか。

少しづつ信じてきたことを一撃で壊されたようで、自分の顔を鏡で見たくないと思った。

わたしは、お母さんだけは大丈夫だ、自分のそばにいてくれる、消えたりしないと思っていたから、あのときに父の手を取ったんだ。

わたしはそれをとっくに知っていたのに、知らないふりをしていた。

だから高原の町でも、雨のターミナルでもぐずぐずしていた。お母さんに会ったとき「お母さんなんだから、いつでも待ってくれているでしょう。だから手を取らなかった」と言えば、お母さんが許してくれるだろうか。

お父さんは、お母さんに会いに行ってはいけないと一度も言わなかった。お祖母さんは「咲音が選んだんだからね。あなたは、ここにいなさい」と、いつも言っていた。会いに行くなと言われたわけじゃないけど、いつの間にか、わたしはお母さんに悪いことをしたんだと思うようになっていた。会えば、何と弁解していいか分からない。わたしはそれが不安だった。それなのに雨のせいにしていたんだ。

バスのターミナルで雨に降り込められるまえに、高原の町で四か月もぐずぐずしていたじゃない。

あれは、父の言った、晴れわたる五月になって源の原に入りたかったから。それに、大人になって初対面の日本に慣れたかったから。日本に来るために、休職したんだし、ゆっくりしてもいいじゃない。

そういうことだけじゃないでしょ。休職だって、それだけが理由じゃないでしょ。

咲音はザックを置いたまま、牛小屋を出た。

あたりを見廻すと、敷地全体がすっぽりと樹林のなかに埋もれているようだと気づいた。敷地は咲音が想像していたよりも、はるかに広い。今の牛小屋にも何人かの働き手がいたのだろうなと察した。咲音の胸にあったのは父と母と、父方の祖母、そして自分の四人だけだ。

ほんとうは、ずいぶんと大家族と人数のいた時期があったのかもしれない。

その広々とした敷地を、山はあっさりと丸ごと包み、呑み込んでいる。源の原に降るという雨の多さと、それを受け止めて生きる草木と動物や昆虫の、頭がくらくらするような濃密な気配を咲音は直に感じている。

デンマークには山がない。コペンハーゲンはアンデルセンが生きて童話を紡ぎ出した美しい街だ。誰にも、外国人にも、棲みやすい。

だけど、ここに生まれたわたしにとっては、やっぱりそれだけのことなのだと咲音は頭が片方だけ痛くなるような思いで、考えた。

風のなかで、二本の銀杏の大木が重ねあう若葉をみあげた。わたしがこの庭にいた二十三年前からきっともうこんな枝ぶりだったのだろう。太い幹に手のひらをあてて、すこし妬ましく思った。

咲音は母屋に向かって歩きはじめた。

母屋は玄関を黒々とあけている。戸が開いたままなのか、戸を失っているのか、その口まで十歩ほどを残して、もう進めなくなった。深い湿り気が匂ってくる。人の気配がない。母も、もう亡くなっているのだったら、どうしよう。わたしも、ほんとうは自分のことしか考えていなかった。

右へ右へ、そろりと回り込む。

母屋は、お寺の本堂のような横腹をみせて静まっている。短い草のあいだに井戸が見えた。草は刈り込まれている。灰猫が這いずり回るようにして作業しているのだろうか。

井戸の中を思い切って覗いてみると、驚くほど近くまで水が来ている。

その水は滑らかだ。父は、この源の原に日本でいちばん、たくさん雨が降るのだと繰り返し言っていた。そのことと繋がりがあるのだろうかと考えながら、咲音は、井戸の隣の洋風建屋の高い窓をほぼ真上にみあげた。新しい胸騒ぎがした。

わたしは、あの窓にだけ、記憶のかけらが引っかかっている気がする。わたしが両手で摑んだ父の右手と、土と緑の匂いのほかに、あれだけが。

洋館と井戸の狭い隙間いっぱいにコンクリートの台があり、古い大きな機械が置かれている。機械の左下に貼られた小さなプレートに「モーター過熱注意」とあるのが読めた。

このモーターらしい機械は木枠で囲まれていて、咲音がその木に触ると、ぼろぼろと剝がれる。コンクリートも呆気なく指で崩れて、咲音はいくらか慌てた。しかしモーターは鉄製の入道さまのように座っている。土を被り、頭に草まで生えているが、動いている気配がある。手のひらを腹に当ててみると、細動がはっきり伝わった。

これはきっとポンプなんだろう。モーターで井戸から水を吸いあげて、この屋敷のあちこちに送り続けているのかな。電気が来ているだけでも、いくらか驚きなのに。

でも確かに、この入道さまがどうにか元気でなきゃ、灰猫さんは暮らせないだろう。

入道さまは、わたしが居たときから働いているのかもしれない。わたしは、ここに居た。それだけが確かなことだ。わたしは、ここから始まった。ここから逃げ出すことだけは、もう、したくない。

牛小屋に戻り、階段から二階に首を出すと、灰猫がいない。

首を引っ込めて、すぐに、もう一度出した。あの空気が残り香のように弱く漂っている。

「咲音さん」

思いがけず足許から呼ばれた。慌てて振り向いて階段を降りて、最後から二段目で踏み外した。すとんと土間に尻餅をついた。足を八の字に伸ばしたまま、ふぅわ、びっくりと声が出た。

「咲音さん」と笑いを含んだ声がした。「あなた、足も、腕も長いね」

首を回しても灰猫はいない。立ってみると、「こっちゃん」と奥の水槽のようなところから明るい声が聞こえた。

近づくと、咲音のコペンハーゲンのアパートにある浴槽の十数個分はありそうな巨大な鉄製の黒い水槽が、土の床に埋め込まれている。縁《へり》が五十センチほど土の上に出ていて、水槽の底までの深さは一メートルと九十センチほどある。咲音は思わず、ふだんの研究者の眼で目測していた。

灰猫は、水を浸した堅そうな雑巾で、這い回るように水槽の内壁を洗っている。紺の作業衣の裾をまくって骨のような手足を出している。

「これは」と咲音が声を出すと、顔は上げずに「牛のね、沐浴場やったん」と応え「ごめんなさいね、下向いたままで」と言った。

咲音はすぐに「手伝いましょうか」と声をかけた。

何のための作業かは分からないが、わたしの生まれた家にある水槽だ。

下を向いて顔を髪に隠したまま「はい、おねがい」と即座に答えが返った。灰猫の足元のちいさな銀色のバケツに水が張られている。

裸足になると、鉄のざらざらした感触が心地よい。水槽のへりに、洗い込まれた雑巾が重ねてあったから、それを借りて水を浸し広々とこすった。わたし一人がやりましょうかと聞こうかと思ったが、灰猫が頷くはずはないと考えた。

それにしても牛はどこから入るのだろう。

灰猫にそれを聞くと、あははと笑い声が水槽を這って下から聞こえた。

「今は牛なんかどこにもいてへん。昔はね、咲音さんの真後ろのとこに扉があるやん。そこから入れて、男衆《おとこし》が二人がかりで牛を洗ったん」

振り向くと、水槽の内側に大きな段差が付けられ、その上に確かに鉄の扉がある。そのすぐ先の建屋の木壁にも扉があって、外から直接、牛を入れたらしかった。

水槽の真ん中の上方には太い水管の穴が開いている。水の気配はない。それでも、牛もいなくても、水槽は生きている気がした。

「牛がいないのに、なぜ洗うんですか」

灰猫は答えない。せっせと底を洗っている。「誰が使うんですか」と重ねて聞いたが、答えがない。

咲音は力を込めて両手で鉄をこすり、胸に滲み出てきた汗に、やがて来る夏の匂いをかいだ。

十五分ほども過ぎたとき「ほかにすることがないから」と灰猫が平静な声で言った。咲音に尻を向け、相変わらず底をこすりながら「わたしなんか、なんのために生きてるのか、もう、わからへんから」と言った。

咲音はただ、雑巾を強く絞った。

灰猫が鉄をこする手は弱い。しかしどこか、きびきびとしていて咲音は見るのが愉しいと思った。

バケツは小さくとも、水を入れてこの底に置くには灰猫はどうしているのだろう。そもそも、この深みにどうやって入るのか。

灰猫は髪の下で、かすかに笑ったようだった。そして手を休めて姿勢を変えずに「咲音さん、ありがとう。ドウメイができるんかも」と言った。

咲音がぽかんと灰猫の顔をみると、灰猫は、雑巾を絞ったままの咲音の小指をみて「指まで、こんなに長い。つるつるに長いやん」と言った。

咲音の背丈はさほど飛び抜けて高くはない。ただ、手足と指は長い。

ドウメイとは、ひょっとして同盟のことかと咲音は気づき「同盟って、なんの同盟ですか」と聞いた。

灰猫は両手の甲を丸め、左右の頰の汗をいちどきに荒くぬぐった。猫に似ているような、似てないような。

「休憩、休憩にしましょ」と言った。

6

灰猫の許しをもらって、咲音は二階の窓をすべて開け放った。生きのよい風が、柔らかで重い気配と混じりあうのが肌に伝わる。汗の静かに引いていくのが不思議に冷たくはなく心地よい。

窓のそばの木壁に、左右に一つづつ物入れの扉がある。中に夜具があるのだろうか。いや、ここで寝るのかどうかは分からない。ふとんを出して、また仕舞うのでは大変だろう。ひょっとして本や文具が入っているのかな。高い教育をどことなく感じるのに、本の一冊もなく、文机には筆やペンの一本も載っていない。

畳に戻り、灰猫と向かい合って楽に座ると、灰猫は髪をすこしだけ後ろにまとめている。白い首筋が、いくらか濡れている。風に当てているようだ。汗をかいた首筋は不思議なくらい清潔だ。

灰猫が水槽のなかで「休憩にしましょ」と言ったとき、咲音は手洗いの場所を尋ねた。沐浴場の外にあるそこから戻ってくると、灰猫はもう水槽の中にも一階にも居なかった。

二階に居た。

水槽から出るのに、どんなにか苦労しただろう。わたしは、あの段差をふつうに上がって鉄扉を開いて出た。鉄扉はそう重くはないけど、段差には手すりがない。あそこを這って登るしかないのだろう。

「お水を汲んできましょうか」と咲音は聞いてみた。さっきから喉が渇いていたし、灰猫もそう見える。

「灰猫のお茶碗でも、嫌やないの？」

「さっき、水槽の近くの流し台にあるのを見ましたよ。きれいに磨かれて、ぴかぴか輝いていました」

灰猫は嬉しそうに笑った。

一階の流しの蛇口から、二つだけ置いてある茶碗に水を満たすと手に冷たさが伝わってくる。あの井戸水なのだろう。灰猫は、井戸に感謝して、その回りの草だけは刈っているのかな。

赤い小さな塗り盆にそれを載せて慎重に階段を登りながら、灰猫にこれができるのかなと、いぶかしんだ。

「いえ、ふだんはここで飲み食いはしません」と灰猫は咲音の問いに答えた。

じゃ、どこで食べるのだろう。もしも一階でなら土間に座らねばならない。座布団らしいものは、やはり見当たらない。冬はきっと凍える。

灰猫は、ここを五か月まえにただ同然で譲り受けたと言っていた。早ければ去年の十二月から居るのだろう。一月、二月、そして三月ぐらいまで、どうやって乗り切ってきたのかな。灰猫はこの牛小屋を清らかに棲みこなしているとみえるのに、なぜ自分を護るものがほとんど何もないように暮らしているのだろう。

水の清く涼しい甘みを愉しみながら咲音は、陽の光が射していた部屋がいくらか陰っているのに気づいた。また雨雲が出てきたのかな。

灰猫は、茶碗をじっと見ている。もう水はないはずだ。

咲音はもう一度、「お名前は何とおっしゃるんですか」と聞いてみた。

「灰猫と呼んでください」

「ほんとうの名前で呼びたいのに」

灰猫は黙している。咲音は、強い意思に圧《お》された。

灰猫は急に、頭を胸に食い込ませるように礼をした。「咲音さん、来てくれて、手伝ってくれてありがとう」と低い声を出した。

咲音は慌てて一緒に頭を下げ、それが自分でもぎごちなくて決心がついた。聞くべきを聞こう。

「なぜ下の村から、わざわざここへ引っ越したんですか」

答えがない。「家族は、村にいらっしゃるんですか」。やはり答えはない。

灰猫の皺に埋もれている薄い唇に、力が入っているのが分かる。

咲音は、ここで自分が折れたら灰猫は二度と話してくれなくなる気がして耐えて待っている。

「わたしがあんたを、とりあげたん」

とりあげた、何を、わたしを。

咲音が首を真っ直ぐにして黙っていると「わたしは二十五年前は産婆さんの役をすることもあったんや」と灰猫が重ねた。

え、わたしは灰猫さんの手の中へ生まれたのですか。

無言の問いを灰猫はそのまま理解したのか、「みんな、そやけど、咲音はほんまに柔らかい子やった」と言った。

灰猫は頬にすこし空気を孕《はら》むようにして咲音を見ている。微笑しているのか。

母が幼い娘にもしも笑いかけるなら、こんな感じなのかと咲音は周りを忘れた。

「咲音さんに、もう一つだけ、お願いしてもよろしい？」

「ええ、なんでも」

「一階の水槽に、もう一回、一緒に行ってくれへん？」

それは答えに繋がるのだろうか。分からないと思いつつ、咲音はすぐに立ち上がった。

灰猫は、階段を後ろ向きに手摺りにつかまりながら身体をずり落とすように降りた。

洗い残したところを洗うのかと思ったら、灰猫は雑巾にもバケツにも目もくれず水槽に向かって腹這いになった。と言っても簡単ではない。最初は、枯れ木がぽきぽきと折れるように体を畳んで姿勢を低くし、腹を床につけてから、ゆっくり頭を突き出した。そこだけ土が掘られていて、大きな溝のような暗がりが水槽の下にあるのは分かった。そこに灰猫が頭を入れた。

何をしてるのと声が出そうになるのを抑えて、咲音は横に立っていた。

変なことをするひとでは、ない。分からないことばかりでも、それは分かっている。

「咲音さん、見てください」。声をかけられて、ほっとした。

灰猫の頭の隣へ窮屈に頭を入れてみると、暗がりのなかに太い管《くだ》が見えた。管は、ただ一本だけだ。それが途中で折れて、垂れ下がっている。目を凝らすと真っ赤に錆びている。

「これや」

頭をそのまま、灰猫が眼だけ咲音に動かして言った。

「これを繋ぐのですか」

「そう」

「繋いだら何が起きるのですか」

「水が入る」

「水。あの井戸から？」

「そうや」

「だって牛もいないのに」

「うん」

咲音は体を起こし、そのまま立った。

灰猫も頭を水槽の下から抜いた。土間にぺたんと座り込んだ。

「この大きな水槽に水を入れて、何をするんですか」

「練習や」

練習。まさか水泳？

「何か試合があるんですか、お年寄りで」

「違う」

灰猫は、そして黙り込んだ。

咲音は、自分らしくやるしかないと腹をくくった。

「ご自分を灰猫って、おっしゃってるのに、お年寄り扱いされると嫌なんですか」

灰猫は、あっと顔を上げた。それでも何も言わない。

ふと、同盟という不可思議な言葉が浮かんだ。

「灰猫さん、わたしと何の同盟ですか」

灰猫は一瞬にっこり笑った。見るだけで嬉しくなるような笑顔だ。しかし、それだけだ。

何も言わない。

「あの水槽いっぱいに水を入れるんですか」

「そう」とだけ答えが返った。

それはずいぶんな水かさになるなあと、もう一度考えながら、何の練習ってまた聞いてもきっと答えないな、この灰猫さんはと思った。とんちんかんに聞いてやろ。

「お風呂？」

灰猫は、真顔で答えた。「お風呂は、洋館に小さいのがあります」

「あの洋館は使ってるんですか」

「使ってへん。いや、半分だけ、つこうてる。寝るだけとか。お風呂とか。ここは水と薪だけは沢山あるから」

咲音は頷きながら、「じゃ水槽はなんにするんですか」と再び、聞いた。

灰猫はまた、にっこり笑うだけだ。

このおばあさんは、なかなかの強者《つわもの》だ。やっぱり猫だ。あらためて考えればずいぶんと、いろいろな質問を躱《かわ》されたままになっている。

「あの管は、もともとは井戸に繋がっていたんですよね。なら、水槽のどこかにバルブがあるんですか。あんなにおっきな水槽に水を一杯にするんだから、ただの蛇口じゃなくてバルブでしょ」

灰猫はすこし驚いたように「あるよ」と短く答えた。

「じゃ、探します」

灰猫は驚きの眼のまま、咲音を見つめた。

咲音はさっさと水槽の周りをめぐった。バルブはすぐに見つかった。さっき水槽の真ん中に見た太い穴の裏に回ると、シンプルで大きな鉄十字があった。錆はぽつぽつと浮いているが、人の手がいつも触れているかのようでもあった。

ひねってみた。ちょうど半円、一八〇度まで回してみた。そして水槽の中を覗き込んだ。太い穴は乾いたままだ。あと半円、ひねってみた。やはり滴《しずく》の気配もない。一緒に首もひねってみた。

7

と、背後で小さな音がした。ふりかえると牛小屋の入り口の外に少年が突っ立っている。はにかむように、ほんの微かに笑顔でいる。

あ、と咲音が言うと、はい、と応えた。声が出ると、少年ではなく男だと分かった。

「バスの運転士さんだ」

いくらか声が大きくなった咲音に「おねがいします」と小さな頭をぺこりと下げた。小柄な肩のせいなのか、バスで着ていた紺の制服も制帽も脱いで白いランニングシャツになっているせいなのか、いや彼の空気のせいなのか、やっぱり少年みたいだと咲音は思った。

少年運転士は背後のなにかを気遣うようだった。

咲音が首を伸ばして、その背後をみようとすると彼が躰を譲って、背の恐ろしいほどに曲がった老いた男がみえた。目をつむって埋《うず》もれるように立っている。

「ぼくの、じっちゃんです」

男に頭を下げながら咲音は、少年運転士が「おねがいします」と先ほど言ったことを思い出した。そうだ、階上にいる灰猫に知らせなきゃいけない。

「灰猫さぁん、お客さんです」

階上に向かって声を張りあげ「お名前は」と彼に聞いた。

「まがたです」

まがた？　勾玉《まがたま》みたいだ。

咲音の鼻先を、父の匂いが一瞬かすめていった。

父の蔵書は凡《すべ》て、源の原からアラスカ州シトカ市の石造りの家に移されていた。少女の頃に読み耽っていると、ページが指先に微かに吸い付くように感じる。指の腹でなぞってみると湿り気を感じる。顔を近づけると、静かな遠い沼の匂いがする。そうやって、父のいない書斎が薄暗くなっているのに気がつく。その匂いだけが父の匂いだった。

父はふだん、氷河に近い古いロッジに寝泊まりをして、たまに南に下ってシトカの家に帰ってくる。祖母がいくら言っても、それを変えなかった。

ふと、父の書斎で芥川龍之介の短い小説をよく読んだことを考えた。これが日本なのかなと、いちばん考えさせてくれた。

芥川は「ぼんやりした不安」で死したとも、本の末尾の解説で読み、高校生の咲音は不思議に思った。ぼんやりした不安だけで、死ぬという取り返しの絶対につかないことがほんとうにできるのだろうか。

父は、死ぬことも死ねないことも不安で操縦桿を氷の海へ向けたのだろうか。

バスを降りたあと、思いがけず、灰猫と死ぬこと、死ねなくなることをめぐって短く話したことが甦った。わたしも灰猫さんも父も、新しい境界に立って怯えているのか。

父の本には日本の史書も多かった。アラスカの学校では決して知ることのない祖国の話を咲音は胸のなかに重ねていった。勾玉の絵や写真を飽きずに眺めた。日本の古墳時代の話が好きだった。勾玉の、つるりとした緑色が好きだった。

やがて高校の生物の授業で胎児の写真を見て、勾玉にそっくりだと驚いた。糸を通したのか勾玉に空いている小さな穴が、胎生の眼がつくられていくところにみえる。

「珍しい名前ですね」

「はい」

「あの、耳飾りとかの、勾玉に似てませんか」

「字は、そう書くんです」

「へ」

咲音はびっくりして、そんな声しか出ない。

少年運転士は軽く素直に頷いて「勾玉と書いて、まがたです」と応えた。「意味は分かりません。うちにしかない苗字のようですけど、なんでこんな苗字なんか、知っているひとが親戚にもおらへんから」

おらへん。いないんだ。

咲音は、亡くなった祖母のおかげで西の言葉が分かってよかったと思った。東京生まれの父は、東京語しか使わなかった。

咲音は声を張り上げた。

「灰猫さぁん、まがたさんですよ」

階上から、はあい、という返事が聞こえた。灰猫は声も通ることに咲音は気づいた。

咲音は運転士に向き直り「わたしは咲音です。あなたは?」と聞いた。聞いてから、いきなりファーストネームを聞くのは日本では失礼なのかなと思った。アラスカで友だちをつくるには、それしかなかった。ちいさな咲音の処世術だった。

彼は、にっと笑った。それだけだ。答えない。答える代わりに、老いた男の右腕を摑んで「じっちゃん、勾玉タカオです。高い夫の高夫」と言い、さらにもう一本の腕を老人の背中へ回して、勾玉高夫がそろりと敷居を越えて中へ入れるように、躰を添えている。

咲音はすこし慌てて腕を出そうとしたが、どこを摑んでいいのか分からない。

勾玉高夫は顔を真っ直ぐ立てているが、眼を開いているのかどうかが分からない。両足ともまだ外の土を踏みしめているようだが、右足に痙攣のような動きがある。右足を上げて敷居を跨ごうとしているのだろう。咲音は息を詰めて、その右足のつま先を視ていた。

わたしはここで何をしているのだろう、お祖母さん。

大阪の船場の繊維問屋に生まれた祖母は、東京の繊維会社社長の長男と二十歳で見合い結婚をした。そして三十歳でようやく咲音の父を産んで、五十四歳になったとき、四代目社長を務めていた夫が飛び降り自殺をした。祖母は何度も、それを咲音に話して聞かせた。

「もう繊維が駄目でな、借金苦や。そしたらその三年あとに、あんたのお父さんが、せっかく勤め始めた東大を辞めてしもうて無職になってもた。しっかりせな、あかんのに、逆や。何でなんか、今も分からん。そのあとすぐ今度は、あんたのお母さんのご両親が交通事故でいっぺんに死にはったからな。残ったもんみんなで源の原の家に入ったんや」

咲音はいつもじっと耐えて、その同じ話を聴いて、いつも同じことを尋ねた。

「みんなで入ったのに、どうしてお母さんとお父さんは別れたの」

「そうや。入ってから、たった三年やからなぁ」

違う。わたしは時間のことじゃなくて、わけを知りたいの。

咲音はアラスカの家を出るまで、いつもそう思ったが、祖母が遠ざかるかと怯《ひる》んで聞けなかった。祖母だけは一緒にいてくれた。おなじ話が無限に繰り返されても、一緒にいてくれるひとは祖母ひとりだった。

祖母は、咲音がニューヨークで大学二年になったばかりのとき、死んだ。

あの西の言葉をまた聞きたいと、祖母の葬儀で父の顔をみて思った。秋の活気のここちよいニューヨークからアラスカに戻ってみると静けさに凍えた。祖母は前触れなく、朝にこと切れていたという。雪はまだ空中で溶けて、雪より冷たいみぞれになって降ってくる朝だったと父は言った。

どちらに顔を向けて、祖母はひとりで死んだのだろう。ニューヨークかな、日本かな。

うしろで音がした。水槽の鉄に、なにかが当たる鈍い音だ。

ふりかえると、いつの間にか水槽の後ろ端から灰猫が、のめり込むように首を垂れている。

落ちる。

咲音がそう叫んで駆け寄ろうとすると、「来るな」

灰猫は確かにそう、ちいさく叫んだ。

咲音が足を止めると灰猫は、まるで猫が背伸びをするように軀を伸ばし、ずるりと水槽の底に頭から落ちた。いや、入った。底で軀をゆっくり回転させて、仰向けになると、しばらく息を整えてから「高夫さん、こん中や」と言った。

勾玉高夫が牛小屋に入っていることに、咲音は気づいた。少年運転士が真後ろで支えて、水槽へじりじりと歩み寄る。

そして顔を突き出すように水槽に近づけた。きっと見ているのだろう。

「こん中で、やるんや」。灰猫は仰向けのまま凜として、言った。

8

咲音は急に、おなかが空いた。

勾玉高夫が、少年運転士の豆のような車で去るのを銀杏の下で見送った。雨がやってくるほのかな気配を風に感じる。

高夫は最後まで、眼が開いているのかいないのか咲音には分からなかった。しかし長い時間ずっと水槽に頭を入れるように、前のめりに立っていた。

少年運転士くんの支えはあっても、ずいぶんな苦労だろうな。

咲音は、そう考えて見とれていた。

それだけで勾玉高夫は帰っていった。勾玉家の隣人が灰猫であったこと、そこは、黒い爪の女性がバスを降りていった集落と合わせてひとつの村であることを、少年運転士の短い言葉から咲音は知った。

灰猫がなにかを高夫に提案し、水槽はその提案と関係があって、高夫はそれを試しに見に来たらしいと咲音は自然に考えた。

それにしても、見えたのだろうか。高夫はついに水槽には触れなかった。腕がほとんど動かないのかもしれない。

水槽の中に戻ると、灰猫が膝を抱えて座っている。高夫を見たせいか若く感じる。

「あのおじいちゃん、もう一度、動けると思う？」

灰猫は柔らかな声で聞いた。

「もう一度って、歩いてこられたじゃないですか」

「あんなん、歩けるうちに入らへん」

灰猫は一気に悲しげな顔になった。

「そりゃ、お孫さんが支えてはいたけど。灰猫さんと同じで、まるで動けないわけじゃないでしょう」

「そや、うちらは同じじゃ」

咲音には意外だった。灰猫はもっと自分の力で軀を動かしている。高夫とは違うと、反発すると思った。

「おんなじや」

灰猫は咲音の眼を覗き込むように顔を近づけて言った。

咲音は言葉に詰まった。

「その通り、ろくすっぽ動かれへん」

咲音は自分を立て直して、「はい」と応えた。

「何の役にも立たれへん」

咲音はまた打ち砕かれた。

「でも、来るなって、言ったじゃないですか。助けは要らないって」

考えるより先に言葉が出た。

「うん、来て欲しくなかった。ごめんね」

「それは、わたしは好きだな。ごめんねって、おっしゃる必要、ないですよ」

「何の役にもたたへんのにね、来るな、なんて言ってはいけません」

「言い方は急にきつくて、びっくりしました。でも正しいです」

「正しくない」

「うんにゃ、正しいです」

灰猫は、あははと笑った。このひとは、いきなりのように気分よく笑えるひとだ。

「うんにゃ、そんな日本語、よう知ってるな」

「灰猫さん、わたしは日本人です。アラスカで育ったけど、家のなかはぜんぶ日本語でした」

「今も、そのアラスカ？」

「いいえ。デンマークです」

「寒いところが好きなん？」

咲音は笑いがこぼれた。

「寒いのは別に好きじゃないです。デンマークの夏は短いけど、穏やかな気候ですよ」

「穏やかだから棲んでるの」

「いいえ。アメリカの大学の先生が紹介してくれた仕事がデンマークにあったから」

「あなたは、命の終わりのことを調べてるんやなかったの」

咲音は声を出さずに笑って「終わりのことだけじゃないです。始まりもね」と答えた。

「それは、やめたん」

「はい。いまの研究所は、環境の変わり具合を調べて数字にするところです。わたしのもともと使っていた数学が生かせるから勤めています」

「日本人のまま」

「そう」

「どうしてもやりたい仕事？」

灰猫の顔を見ずにはいられなかった。こちらの奥にすっと入ってくるところがある。

「わたしは命の始まりと終わりを調べるのが途中で恐ろしくなったんです。だからアメリカの大学の医学部の仕事をやめました。でも今の仕事も、たいせつです」

灰猫は熱心に聴いている。

「灰猫さんは、どうしてもここに棲みたいんですか」

「そうや」

決然と言った。

「なぜ」

「水槽があるからや」

咲音はじっと考え込んで灰猫の横顔を見つめた。もう長い髪に邪魔されずに、通った細い鼻筋もよく見えた。

「あ、風」と灰猫が言った。

咲音は眼を上げて、一階の天井近くに小窓が二つあることに気づいた。風は乾いたほうが心地いいと思っていたのに、この水を感じる風はなぜ、こんなに気持ちいいのだろう。

「さいんさん」

「はい」

「泊まっていき」

はい、と咲音は頷き、「時間は、すこしはあります」と言った。研究機関にはちょうど一年の休職を許されている。

「灰猫さん、おなかが空きませんか」

「すいた、すいた」

「どこかで買ってきましょうか」

買うところなんて、あるのだろうか。しかし食材があるとも思えなかった。

「いつもはお昼ごはん、どうしてるんですか」

「水でな、菜っ葉を洗う」

「それだけ？」

「みたいなもんやな」

「夜ごはんは？」

「つくるよ。たまに魚も食べる」

「そのお魚や、菜っ葉とかはどうするんですか」

「バスが動くときにな、買いに行くんや。週に一回も無いけどな」

「今朝が、そうですか」

そんな早くから、お店が開いているのかな。

「違う」

「違うって？」

「きのうは、車で町に送ってくれる人があったん。さっきの子や。買い物にもつきおうてくれたんやけど、優しい子や、帰りのこと考えて、車椅子をバスの終点に運んどいてくれた」

なんだ、少年運転士か。あの豆車だ。畳めば、あの車のトランクでも車椅子が入るのかな。

「食べものとは違うもんを買いに行ったけど、あかんかった」

「違うもんって」

「あの水の管を繋ぐやつや」

「え、それって」

「新しい管に、管を切るカッターに、レンチに、ボルトに」

「そんなの、お婆さんにできるんですか」

しまった。

灰猫は「咲音さんの言う通りや。売ってもらえへんかった」と静かに言った。

咲音は何も言えない。

「夜まで粘ってん」

「え」

「最後は、目の前でシャッター、降ろされたん」

「そのあと、どうしたんですか」

「泊まった」

「どこに」

「バス乗り場や」

「まさか、あんなとこ。待合室があるけど夜は鍵、おろされちゃうでしょ」

「うん」

「あのあたりにわたしも居たんですよ。どうしたんですか」

「待合室の裏手や」

「裏に何があるんですか」

「道具置き場みたいなんがある。屋根があるから濡れへんかった」

「そんな体力があるんですか」

「何言うてんのん。わたしは灰猫や。灰かぶったり、雨に濡れたり。ゆうべは濡れんだけ、ましや」

咲音は、すとんと納得がいった。

少女の頃に遊んだシトカの森に、咲音の祖母は一度も入らなかった。

広いアメリカ全土で雨のいちばん多いシトカの森は、霧の沈むフィヨルドに面している。苔に覆われ、ときには五月になっても苔に雪が残り、黒ずんだ残雪に雨の滴が無数の穴を開けた。森から帰ると咲音は髪も身体も濡れていて祖母はいつもそれを嫌がった。

咲音の五月の誕生日になると決まって「あんまり森で遊んでると、ここの子になってしまうやないか」と祖母は真顔で言った。じゃ、わたしはどこの子になればいいの、という日本語を咲音は毎年、すこしづつ膨らむ胸のその奥に、しまい込んだ。

一年ごとに奥へ、奥へ、ひっそりと。

誰も話してくれないのじゃなくて、ひょっとしたら、わたしがいつも肝心なことを聞かなかったのかな。

いったん、考えよう。

咲音は頭上のふたつの小窓を見あげた。あ、お昼だ、お昼ごはん。

「灰猫さん、雨の降らないときに食材を買ってきて、どこにそれを置いてるんですか」

「洋館に、ふるぅい、おっきな冷蔵庫がある」

そっか。あの入道ポンプみたいに昔の設備があるんだ。

「でも、今日はお昼、どこかで買ってきましょうか」

「なんで」

語尾が、ふんわり上がる。

「だって灰猫さんの持って帰れる食材って、きっと少ないでしょ。それをわたしが分けてもらって食べられない。でも、ばらばらに食べるなんて淋しいから」

「お弁当、売ってるところは、凄く遠いよ」

「それは、しょうがないです。遠くまで買いに行くの、待てないですか」

「いんや、待てる」

「じゃ、行ってきます」

一度、ここを離れて自分が今、何をしたいのかを考えたい。そしてきっと戻ってくる。

灰猫はすこし微笑んだ。「若いから、おなかがすいたんや」

「うん。灰猫さんは、すかないの」

「すいた。いっぱい、すいた」

咲音は、こどものように笑った。

9

灰猫に教わったとおり、まず、細い滝のように水が何条も落ちる岩の前に戻った。よく見ると、道が三つ叉になっている。

咲音のいる真ん中の道が、バス乗り場に通じている。右の道へ曲がった。二十分近くを歩くと、わずかな勾配の下り坂が始まっている。坂の降り口に小さな羽虫が群れている。雨の気配を含んだ初夏が、そこに浮かんでいる。

早足でずんずん下りながら咲音は、岩の前を左に曲がるとどこへ行くんだろうと思った。いちばん細い道だった。

緩やかな坂は、七、八分で再び平らな道に戻った。あたりの森はすっかり変った。苔がない。やがて小川が道に寄り添った。道から小川へはとても降りられないように見えた。急な崖に草木が濃く茂っている。

咲音は、このあたりはとても大きな台地なんだろうと考えた。

小川とともに大きく右へ回り込んでいくと、曲がりながらもう一度、緩い降り坂になり、坂の途中に古い講堂のような建物が現れた。屋敷を出てから五十分が過ぎている。帰りは、緩くても登りの坂があるから、もしも灰猫が車椅子で行き来するのなら休み休みであっても一体どれぐらい時間がかかるだろう。

それでも、ふつうの人が歩いて往復二時間を超えるか超えないかぐらいで、こうやって人が住んでいるんだと咲音はいくらか不思議にも感じた。咲音の生まれた屋敷は、孤立の気配があまりに色濃い。

灰猫は「下の村の入り口に寄り合い所があるん。きょうは、そこに年寄りが集まる日やから、お弁当屋さんが来てます。ちょっとだけ、おいしいねん。でも急がんと店仕舞いや」と言っていた。

寄り合い所の玄関脇に鼠色の小ぶりなテントが張られ、紅白の紙が巻かれた弁当がちょうど二個だけ並んでいる。

店番らしい年配の女性が、硬貨を数えている。咲音が「よかった、間に合って。おいくらですか」と聞くと「九百円」とだけ答えて、ぽかんと咲音の顔を見ている。

咲音が二千円を財布から取り出していると「おい、今日も灰猫のとこへ行くんか」と男性の大声が聞こえた。

はっと顔を上げると、玄関の短い階段にこちらを向いて立つ老いた男が「そうや。ええやろ」と、寄り合い所の中へ振り返って答えた。

げらげらと笑い声が起き「なにがええねん。あれが、ええのか」「どない、ええねん」と叫ぶように言う声がいくつも聞こえた。

老人は右肩を上げるようにして、にやにやと笑い「なんぼ灰猫でもな、もとは高級品種の猫やで。そら、ええで」と声を張りあげた。

寄り合い所の薄闇から腕が伸びて老人の肩を摑み「ほんまに、させてくれるんか」と低い声が聞こえた。

老人は大きな声を変えず「おまえらには、させてくれへん。わしだけや」と言った。

老人は顔を元へ戻した。咲音と眼が合った。老人は信じられないようなものを見る表情を一瞬浮かべ、どうしたことか、くるりと内側に体の向きを変えて、慌てたように靴を脱ぎ、よたよたと入っていった。

そして寄り合い所の中はしんと静まりかえった。

咲音は「あんたたち、灰猫さんになにを言ってるの」と問い糾しに入ろうかと迷った。相手が老人たちでなければ間違いなく、そうしただろう。

しかし咲音は釣りを二百円受け取り、弁当のビニール袋を下げて坂を戻りはじめた。

あの老人はなんだろう。灰猫さんの恋人？　まさかね。

咲音は半分だけ曇った空を見あげた。坂から見おろすと、寄り合い所の玄関に老いた男の顔が八つか九つ小さく重なりあって、こちらを見あげていた。

10

銀杏の下に、咲音がザックから取り出したビニールシートを敷き、灰猫と弁当をつつきながら咲音は黙りがちだった。灰猫は煮しめたようなちくわも、一つの塊になっている小魚もしっかりと嚙んでいる。しかし左側だけだ。左の歯がまだ使えるらしい。

咲音は「わしだけや」と言った男の声が引っかかっている。驚くほど良く響く、渋い声だった。

「寄り合い所で、お爺さんを見ました」

「背の低い、顔つきの卑しいひと」

「え？　そうです」

「灰猫とできてるんやって、また自慢してた？」

二人はしばらく黙していた。

弁当が終わり、井戸水を呑み、灰猫が「ひと休みしたら、再開しぃひん？」と言った。

「水槽の水洗いですか」

「そや」

咲音は頷いてから、しばらく考え「灰猫さん、やっぱり教えてください」と言った。

灰猫は、すこし居ずまいを正すようにして「はい。どうぞ」と答えた。

「わたしの生まれた家で、何をなさっているのですか」

答えがない。

「寄り合い所のお爺さんは、ここに来るんですか」

「いや、来ない。あの人はただの嘘つきや」

「嘘つき。灰猫さんが、ここで何かしているって評判になってるんですか」

「はい」

「噂が噂を呼んでいるうちに、灰猫さんと恋人になったと自慢する人が現れた？」

「そう」

「ここは、そういう土地なんですか」

「ここだけやないやろ。わたしがこんな変わったことをしてたら、どこでも、こうなる。あの卑しいひとは、みんなの好奇心を代表して覗きに来たから追い返したん。言い合いになって追い返したら、わたしが誘惑したって言いふらし始めたん」

咲音は頭をぐるぐる回しながら「変わったことって、それは何ですか。水槽で何を練習するんですか」とすこし語気を強めた。

「咲音さん、勾玉高夫を見たやろ」

「はい」

「わたしを見たやろ」

「え、それは見ましたよ」

「みんな、動かれへん」

「うーん、動くのがたいへんみたいですね」

「みたい、やない。動かれへん」

「どうにか動いてらっしゃるじゃないですか」

「咲音さん、ほんまにそう思うか」

咲音は言葉に詰まった。

「わたしらは、朝がいちばん、悲しい」

虚を突かれた。

「わたしはもう、何の役にもたたへん。なんで生きてるのか、わからへん」

「わたしもいつか年を取ります」

「そや、咲音さんかて、おんなじや。みんな、どこへ行ってしまうんかなぁ」

灰猫はうつむき、そして顔を上げ、まっすぐに咲音を見た。

「わたしの主人は、軍人でした」

「日本に軍人がいるんですか」

「帝国海軍の士官です」

「ああ、昔の軍隊」

「そう、昔。主人の村からも隣の村からも、すこし遠い村からも、若い人が、青年が四十四人も、南の島に行きました。職業軍人の海軍士官は、このあたりでは主人だけでした。みんな死にました」

爪の黒い老女が甦った。あのひとが灰猫さんを責め立てていたのは、それと何か関係があるのだろうか。

「ご主人も、その島で戦死なさったんですか」

「日本中から、たくさんの青年が行って、二万と千人が行って、みんな、そこで死んだ」

風が黙って通り抜ける。

「そやけど、主人は生きて帰ってきた」

「え、良かったじゃないですか」

「良くない。咲音さん、骨も帰ってへん。その島は外国の島やない。東京都の島や。そやけど骨も帰ってきぃひん。島に閉じ込められたままや」

灰猫の言葉にはなぜか、急に主語がない。しかし分かる。ご主人以外のひとの骨のことだろう。

「なぜ」

「知らん」

「知らんって。そんなことないでしょう」

「アメリカのせいやない」

「そりゃ、そうでしょう。戦争は終わったんだから」

「咲音さん、あんたはアメリカ人になったことはあるの」

「さっき言ったでしょう。アラスカに居ても家の中は日本だったから、ずっと日本人です」

「ほんまか」

「ほんとですよ」。咲音は思いがけず涙がひとつぶ、ふたつぶだけ、こぼれた。

「そうですよ。わたしもわたしに、自分が誰なのか聞きたいんです。でも、お父さんもお母さんも日本人だった」

「ごめんね」

「謝ってもらうことなんか何もありません。わたしはこうやって日本語を話してるじゃないですか。正確な日本語でしょ？　わたしは、それを知ってます」

「わたしはそれを知ってますって、英語みたいや」

「そうですか」

「ふだんは英語？」

「そうです。それもデンマーク人とばっかり喋ってるから、英語もすこしおかしくなってきちゃった」

「英語はわからへんけど、咲音さんの日本語は最高や」

咲音は黙った。

「きりりと澄んでて」

ふん。

「こんな気持ちのいい日本語を久しぶりに聞いた」

「ほんとですか」

「ほんまや。まるまる、ほんまや。咲音さん、ありがと」

涙がもう一粒こぼれるのを抑えた。

ふたりは黙って、風に吹かれていた。

午後の風がわずかに冷たくなってきたと咲音は感じた。

「灰猫さん、寒くないですか」

「うん」

「また雨が降るんですか」

「うん」

「軀が動かないとおっしゃってたけど、それだったら下の村に居たほうが、まだいいんじゃないですか」

「そうや」

「じゃなぜ、この屋敷に越してきたんですか」

「自由になりたいんや」

「え」

「自分の足で、しっかり立ちたいんや」

「なぜ、この屋敷に来たら、それができるんですか」

「できひん」

「え。分かるように話してください」

「いやや」

何を言ってるんですか。わたしはこうやって、こんなはずじゃないのに手伝ってるじゃないですか。

咲音はそれを眼に込めて、もう一度、「分かるように、もう、話してください」と言った。

灰猫は、頑固に俯いている。咲音はかっと立ち上がるのを、どうにか我慢した。

「灰猫さん、もう二階で休まなくて大丈夫ですか」

「大丈夫や。洗うのんを続ける」

ここで断ることもできると咲音は思った。灰猫も今は、ふたりで続けるとは言っていない。

いや、わたしは日本に休みに来たのじゃない。

「じゃ、やりましょ」と言った。

灰猫が顔を上げた。

「咲音さん、さっき水の岩の前を通ったやろ」

水の岩。あの垂直の岩の壁だ。

「あそこを左へ行くと」

「はい、細い道がありました。どこへ行くんですか」

「どこにも行かへん。ずっと森が続くだけや」

「行き先がないんですか」

灰猫はまた、ふっと黙った。

深く頭を垂れて、じっと考えている。

そして決然と首をあげた。

「咲音さん」

「はい」

「あの細い道をずっと行くと、わたしの車椅子で一時間と四十分ぐらい行くと、ひろぉい窪地があるんや」

「はい」

「丈の短い草が生えた、ふつうの窪地や」

「はい」

「雨が降って降って、それがやんで、静かな日が続いて、草の葉も、木の高い枝もすっかり乾いたころに水が湧き出すのや。窪地の真ん中からも、縁からも、どこからも、わぁ、わぁと湧き出すのや」

咲音は、眼前に水の匂いが立ちこめるように思った。

「信じられない水や。この世のものやないみたいに澄みわたってる。あっという間に窪地が湖になる」

「ああ」

「真ん中は、深い。深いけど、底の底まで突き通して、ぜんぶ見える。石ころも、さっきまでふつうの草やった水草もゆらゆら揺れてる。まだ水が噴き出してくるから揺れるんや」

咲音は目を見張って聴き入る。

「半日かからずに、大きな湖ができて、四日で消える」

「水が引くんですか」

「そうや」

「どこに」

「わからへん。湧き出すときとおんなじや。真ん中からも縁からも、すぅと気持ちいいみたいに、あっという間に引くのや」

「吸い出し口みたいなところはないんですね」

「そや」

「その湖は、いつ、できるんですか」

「わからへん。毎年は、でけへん」

「あ」

「何でこうなるんか、誰にもわからへん。そやけど何年かに一回は湖ができる。この源の原は一年中、雨が降ってる。そやのに山の下が梅雨になるまえに、いっぺん雨があがる。そのあとに湖のできるときがある。湖が消えてから、またずっと雨が降る」

「あぁ」

「この頃、気候がおかしいから、もうでぇへんかもしれへん。ずっと湖は現れんままや。けど、最後にもう一回だけは、みんなの前に現れるかもしれん」

咲音は、灰猫との話を打ち切って気象台に聞いてみたい気持ちに駆られた。ほんとうに、そんな現象はあったのか。あるのなら、なぜ、どうやって起きたのか。

「わたしの母や父は知っていたんですか」

「知ってたやろ。このあたりの人間なら誰でも知ってるから」

「なぜ、お父さんは一度も、その話をしなかったのかな」

灰猫は、それには応えず、黙って咲音の眼を見ている。

「そこで泳ぐ練習なんだ」

「泳ぐんやない。手も足も、首も指も、膝も肘も動くんや」

「動く」

「わたしらはもう、何もかも思うとおりに動かへん。そやけど、水のなかやったら動くやろ。もともとお母さんのおなかのなかで動いてたんや」

「動かして、どうするんですか」

「その通りや。どうも、せん。何の役にもたたへん」

朝がいちばん悲しいと言った、灰猫の言葉を思い出さないわけにいかなかった。

「何の役にもたたへんから、誰にも迷惑をかけとうない。あの水槽やったら、若いひとの邪魔をせずに練習できる。そやから再建や」

「再建」

「牛はおらんでもな、わたしらがおる」

咲音は思わず、ははと声が出た。

短く笑いながら、咲音は、二階の風にならない風を思い出した。あれは意思の気配なのか。

咲音は「じゃ、やりましょ」ともう一度、言った。

11

鉄をこすり続けるうち、灰猫が「もう日暮れやな」と言った。言われて初めて咲音は、水槽のなかの空気がいくらか薄墨色になっていると気づいた。

灰猫は咲音からも雑巾を受け取ってバケツの縁に並べて干すと、段差にじりじりと近づき腹這いになった。そして腕のある奇妙な蛇のように、腕を掻いて掻いて軀を上へ送り、そのまま頭で鉄の扉を押した。

咲音には目もくれずに、灰猫は這い続ける。水槽の外へずり落ちると、牛を繋いだらしい壁の横木にすがって身体を起こし、牛小屋の出入り口へ向かった。そこに置かれた車椅子によじ登ると、まだらな草地の向こうの洋館へ進み始めた。

銀の外輪を懸命に回して大きな息を、はあぁ、はあぁと吐ききり、吸うのは不規則にちいさく鼻で吸う。

なぜそんなに急ぐのだろうと咲音は考え、急ぐのではなく腕を鍛えているのかと思い直した。

にんげんは歩くことで脳を発達させてヒトになったのに、なぜ足から生きるのが難しくなるのかなと考えて、もう手も差し出さない自分に初めて気づいた。

灰猫が車椅子を洋館の玄関に付けて、伸びた両足をこわばらせたまま全身を預けるように木の扉を押し開いた。そこは食堂らしかった。木の円卓がひとつ、ぽつんと真ん中にある。やや小ぶりな木の椅子が八つほども円卓を囲んでいる。椅子に背もたれはない。咲音がそこを抜けると、くぼんだ小部屋に大きな冷蔵庫があった。

暗さに目が慣れるとキッチンだ。流しがある。しかし使われているのかいないのか分からない。冷蔵庫は歳月の漂う薄いベージュ色が上に行くほど濃くなっていて、角がどこも丸い。その奥には階段がみえている。

灰猫は、ここで風呂を使っていると言っていた。上の階にそれがあるのかな。あるなら入りたい。

「座って」。灰猫はそう言うと、冷蔵庫の太い把手にぶら下がった。がっちゃり。低い音を立てて扉が開いた。なかに葉野菜が入っているのが見えた。

咲音は思わず冷蔵庫に近づき、中を覗き込んだ。冷蔵庫の中はプライバシーでしょ、と言うおのれの声が聞こえたが無視した。

「arugula《アルゴラ》だ」

「ア…。これ、ルッコラやん」

「それ、イタリア語ですか」

「わたしはイタリアの苦いほうれん草やと思ってるけど」

「それは、その通り」

ふたりは顔を見合わせて、すこし笑った。

「これ、アメリカだとアルゴラって、呼ぶんです」

父は料理をしなかった。祖母も、ほとんどしなかった。咲音ひとりが少女のときから食事をつくっていたから、料理だけは日本語で表現できない。

灰猫は、咲音の顔をじっと見た。

そうです、母がいなかったから、日本では料理をどうやるのか、どんな言葉を使うのか、知りません。

咲音が眼でそう言うと、灰猫が、皺に埋もれている薄い唇に力を込めたのが分かった。そして何も言わない。咲音はふいに、うっとりするような感覚に襲われた。分かってくれている。これがお母さんなのか。お母さんみたいなのか。そう思いかけて、おのれを止めた。

わたしには母も父もいない。それだけのことだ。

「イタリアの苦いほうれん草しか入っていませんね」

「うん」

「これだけで夕食ですか」

「パンがある」

灰猫は、冷蔵庫の左横の木の戸棚に右腕を伸ばし、ゆっくりと開いた。そこに固そうなフランスパンがいくつも入っている。

「へぇ。ごはんじゃないんですか」

灰猫が答えるまえに「軽いから。お米より」と声が出た。

灰猫は、にっこりした。「うん、運べるから」

咲音はひとりで牛小屋に戻り、ザックからナイフを取り出した。洋館に戻ると、その万能ナイフでパンを薄切りにして、水洗いしたルッコラを載せていった。

灰猫は、なぜかキッチンに何一つ、刃物を置いていない。いつもは固いパンにただ齧りついて、ルッコラはそのまま別に食べているらしい。咲音は黙って、自分のナイフを使い、ルッコラ付きの薄切りパンを三度、灰猫に渡した。

それだけの夕食でも、食べ終わると咲音は猛然と眠気に襲われた。食堂のちいさな窓には、まだ陽の残りもある。暮れなずむこんな時間に眠くなった経験はあまりない。

「咲音さん、休みます」

「お風呂は入らないんですか」

「わたしは今日はもう、ええわ。咲音さん、入るんなら一度外へ出て、右の奥に回るとね、ちいさい別棟があるん。それが風呂や。ちゃんと水も来る。薪が置いてあるから、沸かして入ってね」

「わたしも、もう今日はくたくたです」

薪を燃やして風呂を沸かすという初めてのことは、もうする気にならない。眠い。

牛小屋の二階に戻って眠るのかと思ったら、そうではなく、灰猫は洋館の階段を這って登り「三階と四階が空いてるからね」と言い、二階の壁に作り付けられた低い木の寝台のうちのひとつに、よじ登った。寝台は三つある。この洋館は使用人のためにあったのだろうか。

三階に上がってみると、寝台はふたつになっている。さらに四階へ上がると、ひとつだけだ。二階から四階まで窓は縦にちいさく、ひとつづつある。四階の天井には、真四角の蓋が作られている。そこに真っ直ぐ、梯子が伸びている。ここからあの高い窓に行くんだ。咲音は、しばらくその真四角を見ていた。眠気がさぁと醒めていく。ここをくぐり抜けたら何が起きるだろうか。

ちいさいころ、きっとわたしは、あの高い窓が怖かった。なぜ窓はいちばん上だけ、あんなに大きいんだろう。

咲音は階段を降りて三階へ、そして二階を通り過ぎようとして、息を呑んだ。寝台に遺骸が安置されている。

古い教会の地下墓所《カタコンベ》に入り込んだのかと一瞬、迷った。

部屋に闇が満ちはじめていて、よくみると灰猫が凹凸を失った小さな顔で、平べたく横たわっている。呼吸があるかどうか不安で、近づこうとして足を止めた。

「もう顔も消えてはるやん」

その声は、灰猫の声だった。

いや声は、聞こえたような気がしただけだ、きっと。

間違いなく灰猫が横たわっている。

咲音は高い窓も怖くて、この部屋も恐ろしくて、わっと叫びたくなった。そのまま一階に降り、大きな冷蔵庫の横腹にもたれ、そして把手を握った。

息を整えた。わたしはもう父も母もいない。日本の友だちは灰猫だけだ。

咲音はかかとに体重を乗せて、くるりと向きを変えた。二階へ階段を上がる。

寝台にぐいと両眼を向けた。寝台はもう、闇に埋もれている。それでも鎮まった寝息が聞こえる。確かなリズムで息が聞こえる。

咲音は顔を上げて、三階へ階段を上がる。四階へ階段を上がる。五階への梯子に取りついて数段を登ってから、両の足を踏みしめ、両手で思いっきり真四角を押し上げた。ばあんと大きな音がして最上階へ遮るものがなくなった。

両手をそのまま左右に広げると、湿った板に触れた。雨の名残りなのか。

左右の板を押さえて軀を一気に引き上げると、そのまま、すとんと立った。

目のまえの薄闇に扉が浮かんでいる。観音開きに押すと、切り開かれた窓になった。ガラスはない。

遥かに、森の切れ目が見えた。

あの場所が、その窪地なのか。咲音はトレッキングパンツの小ポケットのコンパスを出した。窪地のあたりは真西だ。

思いがけない紅《くれない》が、窪地の底から南と北に低く伸びている。ぎゅっと、小指の先ぐらいに固めた火の玉のような夕陽が、丸々、ぎりぎりで樹林の上辺に浮かんでいる。消えた。すると紅が立ちあがるように広がり、広がるかにみえて、あっという間にかすれて、空は見たこともないほど深いえんじ色に覆われ、それもすぐに濃い藍色に変わった。

デンマークから狭い海を列車で渡り、スウェーデンを北上していくと陽は沈まない。白夜の底を終わりのない陽がずっと這っていく。

わたしの生まれたところは、こんなに景色が動いていくのかと咲音は見とれていた。見えるものすべてに、にんげんを超えた何かがいて、おたがいに響きあって、ぐいぐい世界を動かしていくみたいだと思った。

世界はいずれ時間が止まり、すべて凍てつくだろう。わたしはここに生まれた。いったい何のために。

夜の明ける気配が三階に差し込んでくると、咲音は寝台から起き上がり二階に降りていった。

灰猫はもう寝台に座っていた。長い髪を昨日よりすこし多く、後ろに束ねているように見える。と言っても何かで止めるでもなく、両手で髪をいくらか梳いたのだろう。

咲音に、わずかに微笑んだ。

それに誘われて「灰猫さん、シーツがとても清潔で、ありがとうございました」と声が出た。灰猫はちいさく頷いた。

「いつか誰かが来るって想ってたんですか」

答えはない。

「いつか一緒にやる人が来るときのためにシーツをいつも洗って、準備してくれていたんですか」

シーツには細かな皺が全面にあった。洗って、すこしづつ手で伸ばしたのだろうと考えた。

答えはない。

朝がいちばん辛い、そう言った灰猫の気持ちをいちばん聞きたいのに、とても聞けない。

「どうせ、わたしらは何もすることがないから」

灰猫がぽつり、そう言った。

朝からわたしが聞くからだ。咲音は悔いた。しかし、どうしていいか分からない。

「灰猫さん、ゆうべね」

「はい」

「顔がなかったんです」

「え」

「灰猫さんの寝顔をみたら、顔がなかった。今朝、顔を見て、ほっとしました」

「わたしら老人は、そんなもんや。咲音さんもいつかは顔がなくなる」

そうですね。咲音はそう応えようとして、声が出ない。

わたしはなぜ、あの高い窓が怖かったんだろうか。ほんとうは二歳のわたしが怖かったんじゃなくて、この屋敷のそれだけを覚えていて、シトカでニューヨークでコペンハーゲンで思い出すたびに、あの窓からもしも落ちたらきっと死ぬと考えはじめて、いつか自分もあそこから落ちるように死ぬ、死んだらどうなるんだろう、死ぬ前にはどうなるんだろうと怖かったんだ。

けれど、永遠に死ねないなら、もっと怖い。

わたしは一体どうしたらいいのか。

お父さんはほんとは上手に、うまく誤魔化して、解決したのかな。

気づくと、灰猫がしげしげと咲音の顔を覗き込んでいる。

「さぁ、もうすぐに始めへん？」

「え、灰猫さん、朝ご飯をちゃんと食べなきゃ」

「わたしはいつも、井戸水をあっためて呑むだけやけど、咲音さんは食べへんといかんね」

「あるのは、アルゴラとパンだけですよね」

「そや」

「でもゆうべ、あれ、すごくおいしかった」

灰猫は声を出さずにおおきく笑った。ほんとうに嬉しそうで咲音も嬉しくなった。娘は父に似るという。わたしも父に似て、逃げてばかりだったんだ。

食堂で咲音がパンを切っていると、後ろ向きに階段を這い降りてきた灰猫が腕を伸ばし、柱の小さな灰色のスイッチをぱちんと入れた。天井のさかさ三角錐の古いガラスが白く鈍く灯って、手元が見やすくなった。

灰猫はふだん明かりをほとんど使わずに暮らしているのじゃないかと思った。

灰猫もアルゴラをのせたパンを二枚、食べてくれた。「朝にな、珍しいことや」と呟いている。新しい力をつけたい気持ちでいるようにも感じた。

父の知性は死に取り憑かれた知性だったのだろう。わたしはその父から、何を学んで考えるかのきっかけも、もらったんだ、きっと。

こんなに命が分からなくなってきたら、わたしは源の原に戻るべきだから、ここへ来たんだ。情けないばかりじゃない、わたしたちは。

「源の原は、雨のやむ季節がもうすぐ来るんですか」と聞いてみた。

「そうかもわからん。はっきりは、わからん。この頃は去年と同じことが起きない気候やからね。そやけど、その季節が来るんかもしれへん」

「じゃ、練習を、練習をできる準備を急がないといけないんですね」

「そや」

「じゃ、あの運転手さんを呼びましょうよ。勾玉高夫さんのお孫さん」

「おととい、車んなかで、三日連続で休みなんやとゆうてたな」

「それなら、ぴったりじゃないですか」

「うん」

「電話してみましょうか」

「ここに電話はないよ」

「やっぱり。じゃ、行ってきます」。咲音の安価な携帯電話はデンマーク国外では使えない。

灰猫は咲音の顔を見た。

「戻ってきますよ、もちろん」

答えはない。咲音はそれでも勾玉家の場所だけを聞き出して、さっさと門を出た。

森は雨の予感で、ざわめいている。止むまえに、もういちど烈しく降るのだろうか。

勾玉家は、あの寄り合い所から五分近くを歩いて下がったところにあった。

少年運転士は、あっさりと手伝いを引き受けた。玄関の畳の間に突っ立っている彼に「あの水槽をきれいにしたいんだけど」と言っただけで、うんと頷き、すとんと土間に降りて白い運動靴を履いた。

どう見ても職業のある成人には見えない。少年そのものだ。咲音は思わず、にっこりした。日本の男の子って、こういう感じなのかな。なんか、お父さんの感じと違う。

「その前に電話を貸してくれる?」

咲音は、考える前に声が出ていた。

上がり込んで、電話のある廊下に案内してもらうと、その左奥の部屋で寝ている高夫の白い頭の先が見えた。

まず東京の気象庁の電話を調べた。気象庁から源の原を所管する気象台を聞き出して、電話した。

地震のすくないデンマークでも気象庁《DMI》は日曜も人がいる。地震国の日本なら隅々の気象台に当番がきっといる。

「そういう湖というか、大きな池が出現するという話は昔からあります」と若い声の気象官は言った。

「あるんですか」

「話はありますが、われわれは一度も確認したことがありません」

「じゃ、ただの伝説ですか」

「いや、そうも言いません。他の地方で、たとえば浜松市の天竜区の山の中に七年に一度、現れるという池があって幻の池と呼ばれています」

「その池は確認されたんですか」

「二〇一〇年だったと思いますけどね、当時十二年ぶりに現れて新聞にも載りましたね」

「ふだんは窪地なんですか」

「そうですね。近くに住むひとが、池が現れたのを見つけたんですよ」

「なぜ、そういう池ができるんですか」

「分かりません」

「できて、すぐ消えるんですか」

「そうです」

咲音はふと、聞いた。「あなたは見に行ったんですね」

若い気象官は黙った。そして「わたしは見に行きましたよ」と言った。

「新聞に記事が出て、すぐですね」

「その通りです。朝刊を見たその日に」

「どんな池でしたか」

「深さは一メートル二十センチ。林の中にあって縦は七十メートル、横は四十メートル」

「よく覚えてらっしゃいますね」

「そりゃ、ぼくも見たいから。源の原の幻の湖。あそこの窪地は、浜松のより、もっともっと大きいですからね。ずっと深いし。そこにあんなきれいな水が湧くとしたら、ほんとうに夢みたいな湖ですよ」

「浜松の池は、そんなにきれいだった」

「そうですね。世の中に、こんなものがあるのかと思いました。陽光が水の中へ差して、自分が水の底にいるような気がしましたね」

「ありがとうございます」。思わず、感謝の声が出た。見ず知らずの自分に、こんなに話してくれる。これが日本なのかな。

「その池はすぐ消えたんですか」

「そうです。わたしが見に行ってから、たった二日後に消えたと静岡地方気象台の同期に聞きました」

「なぜ消えるのかも分からない」

「そうですね。そりゃ、水が山に吸収されるのには違いないけど、特定の吸収ルートはどこにもなさそうなのに、さぁと、一切が消えるそうです」

「源の原も同じですか」

「それは、まったく分かりませんね。わたしたちの中に見た者は誰も居ないから」

気象官の声が急に、すこしだけ冷たくなったように思った。待っている少年運転士も気になっている。

「ありがとうございました」。あらためて礼を言って黒い古い受話器を置いた。深い息をついた。

灰猫さんは、その湖を見ることができるんだろうか。いや、見るどころじゃないんだった。

その水の中で、きっと体中を動かすんだ。じゃ裸で？水着を着るのか。灰猫さんはきっと、そうはしないだろう。あの身体のまんま、湖に入る。

少年運転士は、庭先のちいさな車の前に立っていた。

「これで行きますか」

「ええ。いや、歩いて行きましょ」

頭を整理する時間が欲しかった。

少年運転士は、祖父とふたりだけで棲んでいる。彼に聞くと、村に子供はひとりも居なくて十代も居ない。二十一歳だという少年運転士がただひとりの二十代で、三十代も居ない。

少年運転士は、それを気に掛けているふうもない。

こんもりと、ちいさな山のように盛りあがっている濃密な枝ぶりを指さして「あれが隣のうちだったんです」と言った。

回り込んでみると、その枝ぶりの中心に大きな屋敷がある。灰猫が住んでいた屋敷だ。予想はしていたが、咲音はその大きさに驚いた。屋敷は、とろけるように無残に朽ち果てていた。

少年運転士は、先へどんどんと登っていってしまう。何を話そうかと思案していたのに、その必要がない。咲音は、わたしは何をすべきなのか、ゆっくり考えられると思った。

しかし彼の背中があまりに早くて、それについていくだけで精一杯だ。欧州の山々を縦走して足の勁《つよ》い咲音が置いてきぼりになりそうな勢いで、緩い坂も登っていく。

やっぱり照れくさいのかな。きみね、こちらも照れくさいんだよ。

水の岩を左に折れると、ようやく咲音は彼に並んで、聞いた。

「同じ年代が村にいなくて、淋しくない？」

咲音とほぼ同じ背丈の彼は、ちらりとだけ咲音を見て「淋しくない」と答えた。

「なんで」

「俺、じっちゃん、好きやから」

「そっか」

「うん」

「好きなんだ」

もう広い門のまえに着いた。そのまま牛小屋に頭を入れると、きゅっきゅっと小気味のいい音が聞こえる。ああ、磨いてるんだ。

これで三人のドウメイになるのかな。同盟って、何に立ち向かう同盟なんだろう。

12

咲音はいくら磨いても、きぃきぃとしか音の出ない気がする。灰猫が用意してくれた同じ木綿地の雑巾なのに、灰猫のきゅっきゅっという音がしない。

少年運転士も、きぃ。咲音も、きぃ。

灰猫は恐ろしいほどに長い髪で顔が隠れたまま両腕を休めない。

それにしても牛が沐浴していたというこの水槽は大きい。ひろく深く、そのなかにいると鉄の巨人の内臓に入り込んだ気になる。

牛を一頭づつではなく、三頭ぐらいも一緒に入れていたのかなと咲音は考えた。酪農国のデンマークで週末に郊外に出るたび牛を見ている。それとも牛は日本とデンマークでは大きさが違うのだろうか。

灰猫さんは、いつからこの胃袋のような内側を磨き始めたのかな。もう八割をすこし超えるほどには終わっているようだと、咲音は無言で磨き続けながら考えた。

水槽は壁が直立している。底に近づくとわずかに曲線を描くが、底はほとんど真っ平らだ。

牛の入りやすさを考えてあるのだろう。

牛を洗う人も、その方が動きやすかったんだ。それにしても誰も何も言わないなぁ。牛洗人は、みんなで歌でも歌いながら作業したんだろうか。

ざらざらの鉄の壁は、大きめの発疹が一面に吹き出しているようにもみえる表面なのに、なぜか気味は悪くない。足裏の触感が嫌ではないからだろうか。磨いていくと黒い錆が薄い細かな紙片のように、気持ちよくどんどん剝がれる。足元にすこし溜まっていくとバケツの水で、径がずいぶんと大きな排水口へ流し込む。

咲音と少年運転士が素足になって水槽のなかに入ったとき、灰猫は真っ直ぐに首を伸ばそうと努めるように顔を引き締めて、その手順をてきぱきと簡潔に話した。

「排水口が詰まりませんか」と咲音が聞くと「詰まらん」とだけ灰猫は答えた。これまでの作業で確信があるのだろう。

バケツは灰猫の足元に水の入った銀色のひとつがあるほかに、白色の空バケツが六つも水槽の底に用意してあった。

「これ、買ってあったんですか」

「うん。咲音さんが行った寄り合い所の近くにね、雑貨屋が一軒あるんや」

少年運転士が、ちいさく笑った。その口元をみて灰猫も、ふふと不敵に笑った。

咲音がふたりの顔を交互にみると、少年運転士が「それだけで村は大騒ぎや。なんでバケツが何個も要るんやって」と言った。

ははぁ。

バケツは変哲もない、白く薄いプラスティック製だ。これなら、あの車椅子に下げて持って帰れたのだろうか。それにしても何回も通ったのだろう。

水槽の横にある流しの蛇口を捻《ひね》ると、井戸水は意外に弱いけれどそれなりに出る。冷たい。気持ちがしんと落ち着く。

咲音と少年運転士がバケツをすべて水で満たして、底に並べて、作業を始めると、灰猫はひとことも発しなくなった。顔も髪に埋もれて見えない。咲音は掻きむしられるような不安がにわかに湧いた。

何のためのドウメイなの?

何かに立ち向かうのなら、すこし臆してしまう。わたしたちが相手にできる何か、という気がしない。

水槽の錆こすりは、昼になるまえに、すべて終わってしまった。咲音が切ったパンにルッコラを載せて銀杏の木の下で食べていると、からりと青空が三人を見おろしている。雨の予感はもうしない。

灰猫が「さぁ、仕上げや」と力強く言った。

仕上げって、なにをするんだろ。

灰猫が母屋に向かい始めたので咲音は思わず少年運転士の顔を見た。

母屋にだけは、近づかないのかと思ったのに。

灰猫は車椅子を横手に見たまま、全身を使って母屋へそろりそろりと進み、開いたままの玄関の中にゆっくりと消えた。咲音は動けない。あのなかにこそ父と母がいるんだろう。わたしは今、会いたくない。父と母の居た跡を見たくない。

無意識に少年運転士の右腕を摑んでいた。彼は無言で立っている。何も聞かず、凜々しく、されるがままになっている。

と灰猫が、玄関から大きな木箱を引きずり出そうとしているのが見えた。力を振り絞って、顔がないどころか鬼女にみえる。咲音が声を出すまえに少年運転士が素早く走り出して木箱に取りついた。細い体で両膝のうえに抱え、そのまま沐浴場に向かっていく。

あいつなんてバスのなかで、何もしない、何も言わないやつだったのに。

灰猫に引き起こされたのは、わたしだけじゃないと思った。

牛小屋の土間のうえで木箱を灰猫が開けると、そこには古木《こぼく》のようなデッキブラシがふたつと、古書のようなものが、やはりふたつ入っている。

「これは棕櫚《しゅろ》製や」。灰猫はデッキブラシの刷毛を撫でながら言った。古書のようなものを良くみると、石らしい。と、灰猫がそれに触れて「これはホーリーストーン」と言った。

二人とも自然に説明を待った。しかし灰猫は口を閉じて動かない。

「灰猫さん、ホーリーストーンって何ですか」と咲音が声を出すと、灰猫は目が覚めたように眼を動かし「遺品です」と言った。

「遺品？」

「あ、石。砥石や」

「砥石？」

「甲板を磨くんや」

「軍艦の甲板ですか」

「そや。このホーリーストーンで甲板を磨くんや。珊瑚の入った花崗岩。ちょっと重いん」

「ホーリーストーンって、聖なる石という意味なんですか」

「知らん。知らんけど、聖書に似てるからかなって、言ってた」

言ってたのは、旦那さまなのだろうか。

少年運転士が「石で磨いて、しゅろで流すのん」と聞いた。

「うん。違うかもしれへんけど、たぶん。磨くのは力が要るんや」

彼は灰猫さんの亡き夫のことを知っているんだろうか。

「旦那さんの遺品やな」と彼が珍しく言葉を重ねた。知らない人はいないんだな、きっと。

「入港前に水兵が並んで、この石でごしごし磨いて甲板の垢を出すそうや」

「へぇ」と咲音は応えながら、灰猫がだんだん雄弁になるのが、すこし愉しい。

「旦那さまは士官だったんでしょう？　それでも磨くの」

「海軍兵学校の生徒のときには磨くん。その時の気持ちを忘れないようにって、もう捨てるやつを、もらってきたんやって言ってた」

「戦争に行く前に見せてもらったんですか」

「うん。新婚のとき、こっそり」

新婚。

昔の日本家屋で、若い海軍士官と額を寄せるようにしている灰猫を、勝手に思い浮かべた。

きっとふたりとも着物姿だ。咲音は、着物の男女をニューヨークのショーでしか見たことがない。あんな、きらきらする光のなかじゃなくて障子越しの光のなかで見てみたい。アラスカの東洋博物館で見た障子越しの柔らかな光は、咲音の胸に残っている。

咲音は灰猫に、いいですかと眼で聞いてから手を伸ばして、箱の中からホーリーストーンの一個を取り出してみた。灰猫が持てる重さかどうかをみたかった。そう重くはない。煉瓦一個分ぐらいかな。それでも石を使って磨くというのは、軽くても重くてもたいへんだろう。

咲音の顔をみて、少年運転士も残りの一個を手に取った。

「それは、わたしがやる」と灰猫が彼に言い、「あんたは棕櫚で流す役や」と続けた。少年運転士は黙ってホーリーストーンを渡そうとする。

「磨くのはわたしたち。流すのが灰猫さん」と咲音は彼の手を手で抑えた。温かい。

少年運転士は咲音をまともに見て、にっと笑った。なによ、きみ、少年のくせに。

灰猫は「分かった。磨くのは底だけ。壁は要らん。じゃ、始めます」と毅然と言った。

まず三人で、水槽の底に満遍なく少しの水を掛けていった。咲音と少年運転士がそこで灰猫の顔をみると、ぼんやりしている。髪で隠されてはいない。灰猫は今朝から、ときどき両手で髪を梳いている。きのうにはなかったことだと咲音は考えながら「灰猫さん、ホーリーストーンを使ったことあるの」と聞いてみた。

灰猫は首を振った。

「いつかは使えるかもって、取っておいたの？」

頷いて灰猫は、ゆっくりと手を伸ばし、咲音の手に触れた。その手の重さを感じないことに、ぞっとした。

「よっしゃあ、やるっきゃ、ないわね」。咲音は言った。

少年運転士は何も言わず四つん這いになって腰を低く定め、ひとつのホーリーストーンを両の掌で押さえて、ぐいぐいと鉄の底をこすり始めた。きゅっきゅっと音がするので、咲音は驚いた。それは灰猫が雑巾で磨いたときとそっくりな音だった。

きみ、いざとなると凄いじゃんと声には出さずに話しかけながら咲音もやってみると、ぎぃぎぃと、きしむばかりだ。腕にある限りの力を込めて磨いてゆくと、ごりりごりりという音に変わった。

これが広い甲板だったら、と別な頭で考えた。それも炎天の真下だったら。

湿った水槽の真ん中に尻餅をついている灰猫が「お祈りや」と呟いた。少年運転士を見ると、確かに、両腕を大地に捧げているようでもある。

やがて、光が傾いて水槽の底に差し込んでいることに気づいた。その光に、森の陰りが淡く掃かれている。まだ雨は、戻らずにいる。

灰猫は、少年運転士に「もう高夫さんとこへ帰ったげて」と短く声を掛けた。

少年運転士は今日は中学生の制服のような白いＹシャツを着ている。その腕をまくって、何も言わず、ほとんど休まず作業を続けていた。咲音は思わず「明日の月曜も来てくれる？」と言った。「みんなで一緒にやったら、仕上げも、もう終わりそうだから」

少年運転士は何も言わずに頷いた。そして水槽を出るとき咲音に、ほんの一瞬、にっこりと真っ直ぐ笑った。あっと、ときめいて、びっくりして、バケツの冷水を両足首に掛けた。きみ、わたしはまだ名前も知らないんだから。

咲音は夜が浅いうちに湯を使ってみた。風呂を薪で沸かして、まず灰猫に勧めたが「いや」と首を振っただけだった。灰猫は初めて会ったときから清潔な感じがした。きっと咲音と会うまで毎日、湯を使っていたんだろう。それがなぜ。

ほんとうは作業の疲れがひどくなっているのかなと咲音は湯のなかで繰り返し考えた。

電灯はなく蠟燭があるだけだった。その揺れる灯火がかえって怖くなかった。蠟燭は新しい。灰猫が買い置きしているのだろう。

湯は、咲音の全身を生き返らせた。考えてみれば、湯を使うのは高原の町を出てから初めてだ。縦走で山小屋に貴重なお風呂があるときと似ている。

父や母のお風呂は母屋にあるのかな。もしもそうなら、わたしはきっと抱かれて入っていたんだ。

咲音はふと、父の胸板と、母のてのひらや太腿の感触を感じた。まさかね、錯覚だよ、そう呟きながら湯の上に両の膝小僧を出してみる。灰猫の膝はもう、骨がありありと浮き出ているのだろう。

13

月曜の早朝、咲音がナイフで切ったパンにルッコラをのせていると、食堂の扉の外から、おはようございますと少年の声が聞こえた。

あいつだ。立派な大人のくせして、まったく少年の声だよ。

咲音は胸が弾むのを、懐かしいように意識した。ずいぶん朝早くから来るんだなぁ、彼も。三人で食べていると、古い食堂がすこしだけは生き返るように感じた。そして食後の休みもほとんど無いままホーリーストーンをそれぞれ抱えた。

昼すぎ、みなで銀杏の下に腰を下ろして、少年運転士が持ってきてくれたおにぎりを頬ばった。濃いめの味噌汁まで、ふたつの水筒に用意してくれていた。咲音は、話には聞いていた味噌汁を初めて味わった。

「きみがつくったの」

少年運転士は、うん、と頷き「じっちゃんの分もいつもつくってるよ」と応えた。

味噌のちいさな黄色い塊や、ダイスのような豆腐を、咲音はニューヨークで口に入れてみたことがある。しかし、それが一緒になったスープは、これまでのどの味とも違う。穏やかだ。水筒のキャップを持つ指は、気持ちよく疲れている。

水槽の底を甲板のように、すべて磨き終えた、そう咲音と少年運転士が納得したのは、ドウメイが三人になって二日目の夕陽がもうそろそろ落ちてくる頃だった。

灰猫は、すっかり暗くなった水槽の中を自分が雑巾になったように這いずって、乾いた布に次から次へと替えながら底と壁の細かな錆を拭き取っていく。

それを見ていると咲音は、水着を着て入るのじゃなくやっぱり素裸で入るんだと考えた。もう何も考えたくないぐらい、疲れた。少年運転士は仰向けに底に長々と平べたく伸びている。

それでも咲音と少年運転士は拭き取りも手伝っていった。はてさて水槽の内側は底も壁も、もはやこれ以上やることはありませんと三人は無言で顔を見合わせてから水槽を出て、牛小屋の外に出た。

出入り口でしゃがみ込んだ。咲音は、灰猫さんにもわたしたちにも風が欲しいと思った。二本の銀杏の下から薄墨色の風が巻きあがってきて顔を打った。夕焼けがない。すべてがただ黒ずんでいる。

あっと咲音は短く高く叫んだ。人影がふたつ、すぐ横にいることに気づいた。

「いったい何をしてるのや」

右の人影が、強い息を吐くように言った。

咲音が目を凝らしてみると、それは集会所で「おまえらには、させてくれへん。わしだけや」と吹聴していた老人だ。

「あんた、バスの女やないか」

左の人影が咲音を、生臭い息で圧してくる。その老女の顔を見つめると、黒い爪のひとだと分かってきた。

「これは誰や」と男が言うと「知らん。けったいな女や。こんな若い女まで引き込んでからに、ほんまに何をしてるのや」と老女は咲音を見ずに言った。

灰猫が、咲音と少年運転士をかばうように前へ出ようと藻掻いているのが見えた瞬間、咲音は「何か、いけないことがありますか」と大きな声が出た。

「なにぃ」と男が言うと、黒爪の女は「何で、あんたが口を出すんや」と重ねた。男は咲音を見て、老女はまだ咲音を見ない。

「おふたりこそ、なぜ口を出すんですか」

「もう一回、言うてみぃ」。老女が急に咲音に向き直って、ぐいと顔を寄せて言った。早足で暗くなっていく空気のなかでも、女の眼のぎらつく光が向かってくる。

「もう一度、申します。おふたりに関わりはないでしょう。とやかくおっしゃることじゃありません」

「いいや、とやかくおっしゃることや。訳の分からんことをずっと勝手にやられたら、みんなが気持ち悪うなるやないか」

「なんにも、みなさんに影響していないでしょう。水槽を磨いてるだけじゃないですか」

「あほ。どこの女か知らんけど、おまえは、あほや。このハイネコは、村からわざわざこんなとこに引っ越して、牛洗い場に籠もって何かしとる。気持ち悪いに決まっとるやないか」

咲音が言葉を続けようとすると、男が「みんなが不安になると言うてるのや」と声を低く落とし、咲音と老女のあいだに割って入った。

咲音は、しんと静まった。不安になる、そんなことを言われるとは、そんな言葉遣いになるとは、思っていなかった。

「な、あんた、分かるやろ。地域のみんなに妙な不安をおこして、ええのか」

男は敏感に、ここぞと、のし掛かってきた。

「不安になんか、ならへんわ」

呆れるほどの大声だ。少年運転士だ。

「なんや、おまえ、まがたんとこの孫やないか。こんなとこで何してるんや」

男がそう言うと、少年運転士は即座に「みんなが心配するようなことをしたら、いかん、ちゅうなことを言うて、ほんまは違うやないか」と言った。彼にしては言葉が長い。

「ほんまは違うとは、なんや。ふつうに言うてるだけやないか」

「どこが普通や。何年、仕返ししたら、気がすむねん」

仕返し。

灰猫が何かをしたのだろうか。

咲音は喉が渇く感覚で「何の仕返しですか」と男に聞く。

「私が言うたる」

老女がぐいと前へ出た。

「咲音さん、もう、ええ」

灰猫が初めて、たったひとこと、言った。

穏やかに冷えた声だった。

「いや、よくないと思います」

咲音は男に向き直った。「あなたは嘘をみんなに言ってるでしょう。この屋敷に通ってきてるみたいに言うなんて、嘘じゃないですか」

男は「何を」と言って言葉が続かない。

「この屋敷が何や」と女が言い「おまえは何も知らん。この屋敷はな、旦那さんと娘が出て行ってしもうて、このごろは、奥さんのところに若い男が通ってきとった。そやから誰が来てもおかしゅうないわ」と続けた。

咲音は小声をどうにか絞り出した。

「それって、いつのことですか」

「なんや、いつのことって。そんな昔のことやない。四、五年前やろ」

「男のひとは誰ですか」

「そんなん知らんわ。村のもんやない」

あ、母は、わたしが二十歳を過ぎるまでは待ってくれていたのかと閃《ひらめ》いた。

「でもそれまで、奥さまは、ひとりで暮らしていたんでしょう？」

「そんなん、どうでもええ。だいたい、元からけったいな家や。山を持ってるからちゅうて代々、自分らだけで暮らしてな、使用人だけ家に入れて、わたしら下の村のもんは近づけんかった」

「近づけなかったのじゃなくて、あなたたちが自分とちょっと違うと、近づかなかったんでしょう」

「さっきから、何を言うとんのや、この」と女が言葉を続けようとするのを、男が手で制し、咲音を静かにじっくり眺めてから口を開いた。

「おまえは誰や」

咲音は覚悟を決めて応えた。

「わたしは、この家の娘です」

老いた男と女が身を固くしたのが伝わる。

男は咲音から目を逸らせて「いつまで居たんか分かっとるんか」と言った。

「わたしは二歳七か月まで、ここに居ました」

「それで何が分かるんや」

「分からないから教えてください。ここは、どんな家でしたか」

男は一歩、下がった。老女もそれを見て、下がるかにみえて少年運転士の顔をみて、とどまった。少年運転士は口が開いている。

「あんたの曾《ひい》じいさんもお祖父さんも、雨の番人やとか言うてな、村とは付きあわんかった。勝手しとるだけや。子供も代々、女ばっかりで、出征兵士も出せんかった家や。まぁ言うたら非国民みたいなもんやったな」

男の声は、あくまで静かだ。

「そやから、あんたのお祖父さん、お祖母さん揃って三重の津の駅前でな、車にはねられて頭打って死んでしもた。あげくは、あんたの親もこの大きな屋敷で離縁して、ばらばら。ほら見てみぃちゅうわけや」

風が強くなってきた。それでも風に消されず、男の声は意外なほど響いてくる。

「そこに今はな、人殺しの嫁が、老いさらばえて入りこんで何かしとる。村としては捨てておけん」

咲音は、息を整えてから応えた。

「人殺しの嫁とはどういう意味ですか」

もう一度、老女が顔を前に突き出した。

「さっきから、私が説明したると言うてるやないか」

咲音と少年運転士は灰猫をそっと、見た。

俯いて、髪のなかにいる。元の灰猫さんに戻ってしまったと、咲音は思った。

「いや、わしが言う」

「嘘をつく人の話は聴けません」

「わしが嘘をついとる、言うんか」

「そうです。ついてるじゃないですか。あなたは、ここに来ることを断られたはずです。人の家に勝手に入ってきてはいけません」

男は顔を上げて咲音を見たまま、また下がった。

「あなたは、いったい誰ですか」

「なにぃ。何を、聞いとるんや、村のもんに」

「前は、非国民と言い、今は、人殺しの嫁と言い、では、あなたは誰なんですか」

そこに居る誰もが、ぎょっと気押されたようにみえた。咲音はもうやめようと考え、いや、よくないよと短く考え目を閉じて天を仰いだ。

五人のにんげんが声を失ったなかを風も吹かない。風が止んだ。

と、咲音は額と鼻先と頬骨に大きな冷たい粒を感じた。

眼を開くと、ざぁと白い粒々が、黒い空の底から一斉に現れた。

雨だ。

雷鳴も何もないまま、叩きつけてきた。

頭のてっぺんが痛い。雹《ひょう》なのか。いや雨粒だ。大きい。

「いやっ、何や、これ」

黒爪の老女が叫ぶと、男は「狂うとる」と応えて「とにかく出てけ、おまえら。分かっとるな、出て行け、こら」と声をぶつけて背中を向け、門外へ向かって走り出した。右足をすこし引き摺るのがみえる。老女は、あっという間にそれを追い越した。

「灰猫さん」

灰猫は、首を起こして咲音を見あげた。

「あの湖が来るの」

異様な雨は、湖が最後に現れる前触れかもしれない。咲音は理由なくそう思った。しかし灰猫は首を傾げただけで言葉がない。枯れ木のような首筋を白い雨が流れる。咲音はようやく「中に入りましょう」と言った。

14

少年運転士はそのまま雨中を豆の車へ走った。ドアに手を掛けて「もう、じっちゃんの様子を見んといかん」と叫んでいる。

この雨の地で、おじいさんが今更、雨に驚くはずもないのになと思った。思って、恥じた。居てほしいからって、そんなことを考えるなんて。

少年運転士は豆車を動かし、門を横に塞ぐように不思議な角度で停まっている。あ、あのふたりが戻ってこないように、暫く番人をしてくれるつもりだ。

牛小屋の二階に上がり、灰猫が渡してくれた硬いタオルで髪をごしごし力を込めて拭きながら「いくら、水槽をきれいにしても」と考えた。

水をいっぱいに入れられなかったら、灰猫さんの言う練習はできないなぁ。あの、ちょろちょろの蛇口から水をもらってバケツで入れるのでは、いつまでかかるか分からない。おのれに向かって雄弁になっていた。

窓から見ると、まだ豆車がいる。

この二階は、初めてここにやってきたとき以来だ。灰猫もタオルを手にしたが、ほとんど使わず、そのまま横になった。わたしが拭きましょうかと声を掛けたが、答えもなく背中を向けて丸まっている。二度、三度と掛けても変わらない。しかし寝息も聞こえない。咲音は、時間を置こうという気持ちと、その時間で灰猫が風邪を引いてしまう、そして肺炎まで引き起こすかもという心配に引き裂かれた。

しばらく、このままにしといて。

その声が聞こえた。何もなかったような、真っ直ぐな声だった。ちいさく丸めてしまった背中と裏腹の声だ。

ついさっき、三人で気持ちのいい汗をかいたのに、なぜ、あの二人はそれを掻き乱したんだろう。

誰のせいなんだろう。

そのとき、なにかが落ちる音を聴いた。

わたしこそ、ひと任せだったんだ。

自分にできるのは、水槽をきれいにすることまで。古い管を切って、新しい管を繋いで、水を入れることができるようにするのは少年運転士か誰か、別なひとだと思い込んでいた。

よおし、この夜が明けたら、まず管の径やら何やらを自分で詳しく調べよう。いまの様子を絵にもしよう。メジャーもスケッチブックも登山ザックに入っている。それから町まで降りて道具のお店を探して、管やカッターや工具やボルトを手に入れて、ここに戻ってこよう。決めた。

窓から見ると、もう豆車がいない。

15

教えてもらったのより千倍つらい。

汗だくになって咲音は呟き、呟いてからあははと、水槽の下の溝に首と両手を突っ込んだまま笑った。

あんたが言うてたのより千倍つらい。

祖母は父に、来る日も来る日もアラスカの暮らしを愚痴っていた。

育っていく咲音に、祖母の哀しみがゆっくりと分かっていった。それでも、言われるたびに息をするのが苦しそうな顔に父が変わるのは、竦《すく》むような気持ちだった。あれが癖になって、遊覧飛行機のなかでもしも息ができなくなったらお父さんは墜ちてしまうと咲音は胸が痛くて、自分は大きくなっても決してそんなことを言わないと、こころに決めていた。それが、あっさり口から出た。

ふふと咲音はもう一度ちいさく笑った。みんな、おんなじだよ。

わたしに、できることをしよう。

そして水槽の下の暗がりで、子供が泣くのとおなじに歯を食いしばった。二秒だけ食いしばって、左手の甲でつるりと唇をぬぐった。右手には、先端が開いている大型のレンチを握っている。うふふ。人生初めてだ。

まだ早い朝に出た咲音が、二五センチ長の黒い曲がり管と、いぶし銀色のレンチと黒い六角のボルトと潤滑剤の赤いスプレー缶を買って、その店で作業手順を教わり、戻ってきたのは午後三時二十五分だった。

夜明けに雨が止んで晴れあがったおかげで白バスが走った。ずいぶんと高齢の運転士だった。少年運転士は、じっちゃんの世話をしているのだろう、あの様子ではじっちゃんにいつ何が起きるのか分からないと考えた。

親切な店を見つけて必要なものが手に入り、咲音は帰りのバスでほっと息をついた。

Sain's little but great construction begins.

さいんのちぃちゃな大工事《だいこうじ》が始まるよと、乗客の少ないなかで英語と日本語が声に出た。

しかし、あっという間もなく日暮れが近づいた。登山用の懐中電灯を水槽の下に入れて照らしていても、日が落ちると作業をする気になれない闇が染みわたった。翌日も、作業は終わらなかった。

管が赤黒く折れているのは、太い管が奥で九〇度に曲がっている、そこだ。そして曲がり角の前後には、レンチを嚙ませて回すらしい大きなねじがあった。そのねじのこちら側には、小ぶりな六角形のバルブもある。これはきっと手で回すのだろう。

咲音は、そこを丁寧にスケッチして持っていった。ザックに入れていたメジャーで各部のサイズを二度、測り、すべてミリ単位で正確に記した。「こりゃ、よかったな。この場所で折れてるんやったら、あんたでも、できるかもしれへん」。中年の頭の禿げた店員は、にこりともせずに言った。

「何で、この場所だけ管が折れたんですか」

最初に、原因を知ろうと思った。

「さぁ、そら、見てないから分からんわ」

「わたしのスケッチを見ていただいてるでしょう」

「うん、これは、よう分かる絵やな。そやなぁ、たぶん、もともと急な曲がり角で水が当たるところで、手前の六角バルブの弁が水流を絞りよるから管の肉が長いあいだに削られたんやろ」

おじさん、しっかりしている。

「折れたから、手前の六角バルブを締めて水を止めたんやろ」

「それなら、いいですね」

おじさんはスケッチから眼を上げ、咲音の顔をすこし驚いたように見て「その通りや。そこまでは水が来てるわけやからな」と言った。

そして、咲音のスケッチをもう一度じっくりと見ながらゆっくり話してくれた。「まず、この六角バルブの根元にな、潤滑剤をスプレーしてから、しっかり手で締め直す。これで、管をがたがたやっても水が噴き出さんようになる。潤滑剤は、この赤い缶や。次に、ねじにも潤滑剤を吹きつけてレンチでねじを両方、外す。これで折れた管が取れるはず。そこに、この新しい曲がり管を嵌め込んで、ねじを付ける。あとは六角バルブを開くだけや」

「潤滑剤をバルブにスプレーして、いったん少し緩めるんですか」

「いや。なんでや」

「その方がしっかり締まりそうで」

「あかん。水が来てたら噴き出して、あんたの手に負えんようになる」

「はい」

手真似をしながら、何度も教えてくれた。

やってみると何もかも思うようにいかない。六角バルブがこの手でほんとうに締まったのかどうか、よく分からない。確認を諦めて次へ進むと、ねじは外れない。そもそもレンチがねじに噛んでくれない。たまに噛んでも、びくともしない。何度もスプレーすると、レンチが噛みさえすれば回りそうな気配になった。しかしレンチをなかなか噛ませられない。咲音は、おのれを嗤《わら》う気持ちになった。自分を器用だと思っていたけど、それは自分の馴染んだ環境にいるときだけのことね。こんな不思議な牛小屋じゃ通用しないね。

レンチは最後までろくに噛まなかったが、無数に挑んでいるうちに少しづつねじは動き、ついにふたつとも外れた。あふふと笑った。無限に、うれしかった。

ところが今度は折れた管が外れてくれない。懐中電灯でも、こちら側しか見えない。反対側に回ってみたけれど折れた管がどう引っかかっているのか、どうしても見えない。「小びとさん、いないかな」。咲音は幼いときに読んだ童話を思い出し、すこし苛立ちが静まった。

分からないまま手を動かしていると、ごとりと管が落ちた。重々しい、いい音がした。しかし今度は、新しい管がまったく嵌まらない。「取れないのに、嵌められるわけないよ」。何度か同じことをぶつぶつ言った。暑くないのに汗がだらだらと出る。

咲音はなかば本気で「あの店に戻ってpickax（ツルハシ）を買って、忌々しい管の下の土間をどうにかして掘って、そこに潜れば解決するよ」と夢みながら、ずっと手を動かした。作業を始めて三日目、屋敷に来て六日目の朝に、新しい管はがちっとどこかに嚙み合い、ぐん、がんと嵌まった。頭と腕を外に出して、時計をしみじみ見ると、ぴったり九時ちょうどだった。そのあと、ねじは、最後だけは爽やかに回った。「さ、次です」。深い息をついてから、そう声を出した。

咲音は二階を見あげた。灰猫はあれから洋館に戻らず、そのまま二階で横になっている。水だけを口にして、もう三夜が過ぎている。

咲音はザックを空にすると、町に降り、食材をいっぱいに買い込んで担いできた。

屋敷のまわりを歩いて、良い枯れ枝を探した。

黒爪の女と老人が遁走していった道に、午後の日射しが満ちている。雨のあと強さが増している。少年運転士も、この道を行ったのだろう。咲音はわずかな時間、その陽だまりに枯れ枝の数本を手にして立っていた。枯れ枝は細いのに、しっかりと堅い。

町のスーパーマーケットは古ぼけていたが、ガラスケースに鮮度の良さそうな肉が並んでいた。牛肉が、アメリカとはまるで違うと咲音は思った。

厚みがない。そう思ってよく見ると、なんとも言えない繊細な厚みがある。薄くはない。

それを、まな板に載せてとんとんと叩いて焼く母を、ふと考えた。

網なのかな、フライパンなのかな。

母はわたしに似ているのだろうか。写真すら見せてもらったことがない。あんたはお父さんに似てへんねと、いつも祖母は言った。ではお母さん似なのかとは、わたしも祖母も父も、ついに、ひとことも口にしなかった。

父と母は同い年だったそうだ。灰猫さんの言うとおりなら母は四十九歳まで、この屋敷にいたんだ。それまで待ってくれていたのならば、なぜ、今まで待ってくれなかったの。わたしは何を考えている。わたしこそ二十五歳になるまで、いや、ほんとうは父がいなくなるまで、母を訪ねることができなかったじゃない。この下のバスターミナルまで来てもまだ、ぐずぐずしていたよ。お母さん、あなたは今、五十三歳ですよね。誰かと一緒に暮らしているの。どんな眼で、どんな声で。

咲音は、枯れ枝の先をナイフで鋭角にして、肉の絶妙な厚みを指で愉しみながら刺していった。洋館の玄関先の草地に薪を組んで、焼きはじめた。少女の頃からの山歩きで、慣れている。

薄煙の向こうから、灰猫の車椅子が近づいてくる。咲音は声をあげそうになって、我慢した。

　灰猫は車椅子からずり落ちると、んはぁ、んはぁと息を切らしながら仕掛け人形のように薪の火の横を回り、咲音の横に座り込んだ。

「自分のお屋敷でキャンプ？」

「ここは灰猫さんのおうちです」

「ほんなら、わたしも入れて」

「うん、文句なし。だってね、薪を借りちゃってるから」

「その薪はね、あの卑しい男が最初に来たときに軽トラックに積んできたんや。いやらしい。いくらでも燃やして」

「え、そうなんですか。灰猫さんも、それをちゃっかり使ってるじゃないですか」

　灰猫は久しぶりに不敵に、ふふと笑った。

「えー、薪はですね、雨が染み込んでるからお風呂はなかなか沸かないけど、お肉にはちょうどいい燃え具合です」

　灰猫が倒木の切れ端のような喉でごくりと唾を呑み込んだのが見えて、咲音はすこし驚いた。

洗い込んだ作業衣のような服が体温で乾いていくときに、間違いなく体力を奪っていったろうに。

肺炎になるはずの捨て猫さんが、肉を狙って近づいてきたよ。

「咲音さんは、お父さんに、たくさんのこと教わったん？」

「いいえ、お父さんは、ほとんど何も教えてくれなかった」

「あんたは、どないして育ったんや」

「名前をセインって英語で呼ばれて、おうちの外で育ちました」

「そう」

灰猫のきょうの皺は、さらに奇岩の集まる光景のようだ。その皺のなかで眼はいつものように静まっている。

「だから、きょうも外で食べましょう」

灰猫は声を出さずに笑って応えた。

七本目の串を灰猫が手にしたとき、咲音はもう我慢できなくて、まじまじと灰猫の口元を見た。

ひとが食べているときに、あんまり口元を見たりしちゃいけない。そう思いつつ、咲音は自分が食べるのも忘れて見とれていた。

昼はほとんど無いのだ。皺にみごとに埋もれている。歯も、右側はあるかどうか分からない。それなのに確実に肉が消えていく。あの喉を通るのかと思うのに、灰猫は平然と次の串に手を出す。凄いなぁ。何、この食欲。これでなぜ、あんな食生活なんだろう。このひと、自分を責めて責めて暮らしてるのかな。それでなぜ練習なのか。

「咲音さん、食べて」

はっとした。こくりと頷いて、咲音もしっかり噛んでいった。少女の頃から虫歯は一本もない。それなのに灰猫さんの真似をするように、歯無し婆さんかもしれない灰猫さんに教わるように、しっかり噛んでみる。

優しいな、と思った。これが日本の食べ物なのか。

口に入れると、穏やかなひとと話しているような味がする。

刺身は、ただの生魚にみえて包丁の入れ具合だけで味が生まれるんだと、父がぼそりと言ったことがある。じゃ、このお肉もそうなのか。

スーパーマーケットで手にしたとき、パッケージの上に「米国産」という小さな表示があった。つい買ってしまった。日本の肉を食べてみたかったのに。

ガラスケースの向こうの店員さんに「アメリカ産じゃなくて日本のお肉はないのですか」と聞いてみた。

中年女性の店員さんは「この肉はアメリカ産でもね、日本で日本人が食べやすいようにスライスして売ってるんですよ。だから大丈夫」と丁寧に答えた。

少女の頃はいつも、おっきな塊で買ってきていたよ。たまに怖いと思うこともあった。血よりも、塊が手のひらに伝えてくる触感が怖かった。このお肉は怖くない。これが、わたしの祖国なのか。少年運転士に、聞いてみたいな。

灰猫がふと、「お父さんは今、どうされてるん」と聞いた。

「父とも会ったことがあるんですか」

「姿を見たことがあるだけや」

「父が若い時ですね」

「そら、そや。二十七歳で東京からここへ来はって、すぐに咲音さんが生まれて、あっという間に三十歳で咲音さんを連れて出て行きはって」

「ひとのことをよく知ってますね、覚えてますね」

その意味では灰猫も村人と同じだと思った。

「ものすごう、目立ってはった」

「はい」

「東大出て、外国でも勉強してはって、それが大学辞めてこの屋敷に来はって、細身でしゃれた人やった」

咲音は父がフライトでいつも首に巻いていた白いスカーフを思い浮かべた。なぜかいつも木綿なのに、まるで絹のように着こなしていた。友だちは多かったけど、きっと恋人は居なかったと思う。

「父は七か月まえに、事故でいなくなりました」

「え、また交通事故」

「違います。父はアラスカで氷河をみる飛行機のパイロットをしていて、墜落したみたいです」

「なんで」

「分かりません。アラスカでは、ほかに交通手段があまりないから、わりと誰でも軽飛行機の免許をとります。でも父は、ちょうど二十年も仕事で飛んで、評判も良かったのに、どうしてなのか分からないと言われました」

灰猫さんはきっと、わたしのことを知りたいんだと咲音は思った。

わたしは、海の中の父を、いつか誰かと協力してきっと探します。国の調査任せにはしない。でもその前に、この目の前のひとを知りたい。猫に化けているひとを、知りたい。

ちいさな白いバスを降りて歩いた道で、老婆の眼に逆らえないと感じたことを思い出した。言うべきを言うしかないと決めたのに、「何もかも全体が、いつか死ぬんです」とだけ言って、すぐ詰まってしまった。あのときはまだ灰猫を知らなかった。

「灰猫さん」

「はい」

「あの男性と女性が言おうとしたこと、何かほんとうのことがあるんですか」

灰猫はあっさり頷いた。

「教えてください」

「いやや」

咲音はがっかりしなかった。きっと教えてくれるときが来る。

灰猫の肩に、陽の名残がある。

咲音は「管、つながりましたよ」と言った。

灰猫は深く頷いた。驚いた様子がない。

「今日はもう暗くなるから明日です。水を入れてみるのは」

もう一度、頷く。

「お肉で、練習する力がつきましたか」

晴れやかに灰猫は笑い「はい、だから食べました」と言った。

夜の浅いうちに咲音は風呂を沸かした。洋館の寝台で丸くなっていた灰猫は「咲音さん、入って」と言うばかりだった。咲音は、血管に染み入るような湯のなかで父と母の感触を待った。

16

さぁ、これをひねれば、あの雨がここに降りてくる。

雨が土をくぐり抜けて井戸に入って、入道ポンプに送られて、滑らかに管を通ってくるんだ。

七日目の金曜早朝、咲音は水槽の大きな穴の反対側に周り、十字バルブに両の手を近づけて、そう考えた。

まず、十字バルブが動くかどうかもう一度、確かめようとして思い直した。ここは動くんだ。灰猫さんが時間を掛けて頑張ったのかもしれない。

水槽の下にもぐって、管の曲がり角手前の六角バルブを開いた。急いで水槽を覗き込んだ。水は一滴も穴から出てこない。

十字バルブを開いてないから当たり前でしょうと呟《つぶや》きかけて、あっと声が出た。

あの井戸からここまでの管は果たして大丈夫なのか。地上にあるのか地中にあるのか、それも知らない。きっと地上ではない。ここは、もともとは何もかもしっかり造られている感じだ。いや、でも、地中なら大丈夫なのか逆なのか。

何もかも知らないで水槽の下の、管が外れたところだけ考えていた。管を大きく曲げて方向を変えているところがもしも、水槽の下のあの場所だけだったら、管が外れたりしているところは、あそこだけかもしれない。店のおじさんは「流れが変わって肉が削られるから」と言っていた。

灰猫さんはどう考えているんだろう。

咲音は一度だけ、井戸とこの沐浴場のあいだを辿ってみることにした。そうやっても管の全体が分かるとは思えない。それでも、やらずにいられない。

沐浴場から外へ出ると、二本の銀杏の木がざわついている。からりと風がある。もう湿っていない。灰猫の言っていた「草の葉も木の高い枝もすっかり乾いていくとき」が来るのかなと考えた。

うつむいて地面の様子を見ながら井戸に向かってゆっくり歩き出すと、これまでにない温かな匂いをかすかに風に感じて顔をあげた。

鹿がいる。

母屋の向かって左手に、黒い両眼を真っ直ぐにこちらへ向けて立っている。動かない。頭の上はつるりと角がない。きっと牝鹿だ。ここへ来るときに見た三頭の鹿のなかには雄々しい角の鹿もいた。その鹿は黒に近い焦げ茶だった。目の前の鹿は明るい薄茶色に、白っぽい斑点が全身に入っている。あのとき牝鹿は、まず自分の背中の毛を食べてから仔鹿の毛をむしゃむしゃ食べてやっていた。どんな毛色だったかを覚えていないほど、その口元に目を奪われていたんだと気づいた。

この牝鹿はお腹が大きく垂れている。妊娠しているのか。口いっぱいに笹をくわえている。お腹の仔の栄養のために、ここまで笹を食べて食べて、ひとりで屋敷の内側に入ってきたんだろうか。母屋の左には、背の低い笹の葉が広がっている。

と、牝鹿は咲音から目を離さずに動き始めたかと思うと、くるりと身体の向きを変え、白い毛がふさふさと揺れるお尻をみせて門の真ん中から、振り返らずにゆっくりと出て行った。

咲音はアラスカに共に生きているヘラジカや灰色熊や、熊に食われる鮭やらを、いちどきに思い出した。生きることに、ただ力を尽くしている。わたしみたいに自分が死んだらどうなるんですかと聞いたりしない。でも、わたしはわたしだから聞くんだ。

もう、管の様子なんか気にしない。バルブを回してみればいいんだ。やることを全部やって屋敷を出て行く。母が待っていても、待っていなくても、勝手に探して、見つかるなら見つけて、お父さんのことをぜんぶ伝える。わたしのことなんか話さない。

咲音は沐浴場に戻り、水槽のバルブに再び、両の手を近づけた。何も出なかったら、どうする?

あの活躍してくれた潤滑剤を念のためにスプレーした。しゃっ、しゃっと軽くね。

さぁ、さぁ。もう回すっきゃ、ありませぬ。

バルブの十字を両手でくるむように握った。咲音の手にちょうど馴染む大きさだ。自分の手がバルブの黒さでよけいに白く見える気がした。

ひねった。前に回してみたときより、ずっと軽く動く。頼りないぐらいだ。

右へ半円分、九〇度だけ回して、止めた。何の反応も起きない。思い切ってぐいぐい回していく。十字のバルブは、ちょうど五周して止まった。それ以上は回せない。何も起きない。

さぁ、どうする。

咲音が牛小屋の天井を仰いだとき、ごとりと音がした。バルブを見おろすと、ごとごとごとと細かく揺れ出した。

次の瞬間どこぼっと音がした。水槽の内側から、その音がした。

17

滑らかな水に水槽が波打つまで咲音はただ立って見とれていた。太い穴からの奔流の凄みに胸を摑まれる。段差の上の鉄扉のあたりを外から注意深く触ってみた。漏れはない。ほんとうは、みごとな造形なのだ。

どこまで貯めればいいのかな、上に聴きに行かなきゃと思いながら、離れられずにいるうちに水槽はなみなみと満たされていく。もう八割は超えているだろう。にんげんが、この中に入るのなら、もう止めなきゃ。

バルブを絞り、豊かな水の揺れがゆっくりと静まっていくのをみている。見慣れた水槽じゃない。まるで別な世界が生まれている。小窓から射し込む太い二本の光が、水に深く刺さっている。

うしろで鈍い音がした。水槽の鉄に何かが当たった。

ふりかえると水槽の後ろ端から灰猫が、のめり込むように首を垂れている。

あのときと同じだ。勾玉高夫が来ていたときと同じだ。落ちる。こんどは水の中に落ちる。

咲音が駆け寄ろうとすると、「来るな」

え、え、またですか。

咲音は足を止めずに灰猫を目指して駆けた。灰猫は、水槽からやや遠ざかるように背中を丸めた。咲音を真っ直ぐにみて「来るな」。別人のように静かに言った。

そして首を高く起こすと、水槽の縁を右手で摑み、首をテコのように左右に振りながら、次第に水槽の横へにじり出た。咲音が止まって動けないでいる、そのすぐ眼前まで灰猫は近づいた。古い沐浴場は静まりかえっている。

灰猫はそこで、首を再びテコのように今度は左へ、左へ振りながら、ゆっくり背中を向けていく。

咲音が思わず背中から覗きこむようにすると、灰猫は作業衣のような紺の上着の合わせで両手を動かしている。いや上着と思ったら、それは下まで繫がっている。薄いガウンのような着物だ。ふだんとは違う。そして長い紐をほどいている。着物が足許に落ちた。下着はない。素裸だ。

首筋から、背中の瘤のような盛りあがりまでは樹皮のようだ。伸ばし放題の髪の隙間から、それが見えている。しかし尻は白くつるりとしている。ずるりと右へ倒れ込むように水槽に落ちた。

咲音は迷いなく水槽に手をかけ飛び込んだ。顔と首と両手が叩かれるように冷たい。水中で眼を開くと、灰猫がこちら向きにゆっくりと両手を広げて、浮かびあがっていく。まるでこの冷たさを知っていたかのようだ。

音の無いなかで咲音は、息はまだ苦しくないのに呼吸ができない。見える世界が違う。いつもの世界がよく見えない。あの窓より、もっとここは怖い。夢中で両手を二度、強く掻いて、盛りあがった水のなかから首を出すと目の前で、白と灰の髪が大きな輪をつくるように、灰猫のうつ伏せの頭を囲む。

溺れているのか、泳ぐのか。

灰猫が水面下の口から、あぶくをすこしづつ吐き出しているのを咲音は見た。倒れ込むときに息を吸っていたのかと咲音は閃くように考え、眼前の信じられない出来事は、灰猫が長いあいだ、ずっと心の内で用意してきたことだと悟った。

灰猫が顔を上げ、躰を立て、沈め、爪先で底を蹴ったのだろうか、顔が下唇まで水から出て、咲音にかすかに笑いかけた。と、沈む。髪が荒くほつれた頭のてっぺんが沈む。

咲音は怖れを忘れて潜った。眼の錯覚なのか、灰猫は背をすっきりと伸ばして真っすぐ立っているようにみえる。背中の瘤がなくなるはずはない。なくなっていない。しかし真っすぐの灰猫は、両腕を水中で肘からなめらかに上下に揺らせる。

わたしより、ずっと楽にしてる。

灰猫が背中を反らせる。瘤が膨れあがったまま体が伸びて反りかえった。あ、跳ぶ。猫のように自由に跳ぶのか。咲音は思わず水中で口を開いたのか、息がどっと苦しくなる。

まだ跳んだりせぇへん。

灰猫の無言の声が聞こえたように錯覚した。灰猫のうぶ毛が銀色に変わり、のびのびと四肢を広げ、一瞬いくらか手足を縮めてから両腕だけを再び伸ばし、ゆらゆらと水に漂って、見えない何かをすくい上げながら浮かびあがる。

灰猫は、光の差す小窓を仰ぐ。かろうじて水面に出ている顔に、ゆるりと微笑が浮かぶ。

「咲音さん、ありがと。一緒に練習開始や」

水にごぼごぼと紛れながら、はっきりと聞こえた。

咲音は声が出ない。

練習？　そんな生易しいものじゃない。

灰猫は水槽の段差の最上段に登り、咲音も段差に脚をかけ、間近に向きあった。

「わたし」。声が出た。

灰猫は、どうしたの、というように首を傾げた。年輪も屈折もなにもかも、きれいに拭い取られたように、つるりとした顔に見えた。

「水ん中が怖かった。泳ぎ、得意なのに」

咲音は、静まっていく水面を振り返りながら呟き、顔を上げて灰猫をみると、いつもの老女の顔に戻っている。

「まだ水の中や」

「え」

「身体が楽やから、まだ水ん中や」

咲音は頷いた。

「もう怖くないやろ」

咲音は、水の沁みた登山服の重さを感じながら、気持ちは軽くなって、胃袋の下あたりから、ちいさな安心が温かな湧き水のように上がってくるのを感じる。

水槽から出るとき、灰猫は水中とは別人のように苦しんだ。咲音の助けの手を振り払い、振り払い、しかし最後には咲音が全身の力を絞って支えて、ようやくに脱した。

灰猫は、そのあとは、すなおに咲音の助けを借りて全身を拭きあげた。そして咲音の沸かした湯に、やっと入ってくれた。

その夜、咲音は、幼い鯨が母鯨の腹の下で眠るように深い眠りに漂った。洋館の木の寝台の清潔なシーツのうえで目覚めたとき、こんな眠りをただの一度も知らなかったと思った。頭の芯が冴え冴えと穏やかだ。

灰猫に「水を入れ替えてもいいですか」と聞くと、静かな目で頷いた。

「ここは、日本中でいちばん雨の多いとこや。井戸水だけは涸れたことがない。咲音さんのお父さんやお母さんがここに居はっても、水の入れ替えは許してくれるわ」

「父も母も、自分で出て行ったひとです。灰猫さんだけが決められる」

「いや、違う、咲音さん。お山が決める」

「あ」

「お山は、ご自分の躰のなかの水を知ってはる。それを井戸から教えてくれはる」

わたしは自分たちのことばっかりなんだ。

「井戸を見に行ったんですか」

「うん」

「入れ替えてもいいって？」

「そや。これから毎日、入れ替えろって」

ほんとですか。わたしが井戸を見に行ってみなくても、いいですか。

「見に行かんでええけど、見に行ったら、たのしい」

「そっか。愉しいですか」。咲音はおのれがどんな笑顔になっているか、見たいと思った。これまで自分の笑いかたが、ほんとうは嫌いだったのに。

井戸に近づいていくと、屋敷の周りの森の匂いが濃くなっていると気づいた。木々と水と苔が一緒の香りだろうと咲音は思った。それなのに、重くない。日本のいちばん美しい季節は五月だと、少女の頃に父から聞いていたことを、あたらしい気持ちで思い出した。その匂いは、アラスカの森のように正面から包んではこない。香りの後ろ姿を見送るようだ。すこし急いで追いつかないと失ってしまいそうだ。

シトカの森も苔が覆っているのに、おんなじじゃない。

わたしのたったひとつの祖国と、こんなふうに再会するなんてね。

井戸を覗き込むと、水槽とおなじ気配が立ちのぼっている。なみなみ、ゆったり、別の世界がある。

ほんとうにここから、わたしは水を導いたんだ。

咲音は、灰猫さん、ありがとうと声に出して呟いた。

わたしは氷の国から、みずのくにへ戻ってきた。ここから、どこへ行くのだろう。

牛小屋の二階にふたりで上がると「れんしゅう二日目やね」と灰猫が言った。練習とは言わなかった。れんしゅう、そう言ったとしか思えない。

わたしの母国語はなんて不思議な言葉なんだろう。柔らかくなったり硬くなったり、芯だけ強くしたり、自由自在だよね。灰猫さんは今、芯を尖らせて、その周りはふにゃらふにゃらにして「れんしゅう」と言った。

「咲音さんも、わたしとおんなじにする?」

「え」

灰猫は畳の上の小ぶりな黒い和箪笥から、灰猫が水槽に入るときとおなじ長襦袢のような白い絹の着物を出し、咲音にすぅと渡した。

少年運転士や、卑しい男、黒爪の女はもう来ないだろうか。いや、ここにいつ誰が来てもおかしくはない。

それでも咲音は、灰猫に背を向けてから、トレッキングパンツから太い皮ベルトを抜き取った。腰をしっかり支えてくれる優れものだけど、そこからまず、からだを自由にしたかった。手早くすべてを脱ぎ、白い着物をするりと羽織った。

振り返ると灰猫は、ゆるやかに咲音を見ていた。足元に置いた濃い茶色のベルトが、過ぎ去った世界の蛇のようにみえた。

18

灰猫は水槽に入るとき、最初の日とまったく同じ動作を繰り返す。咲音の手は借りない。水槽を出るとき、断末魔の顔に見えるほど苦しみ抜いて力を尽くして、そのあとにいつも咲音が支える。

咲音は水槽に潜ると、水よりも先に光を感じる。いつもと同じ水なのに、細かな光の粒子が水槽いっぱいに飛び交って、視界が鈍く遮られ不安なときがある。

光が、刀身の薄い大きなナイフのように幾筋か差してきて、くっきりと水の裂け目が見えるように世界が明るく、安心するときもある。

灰猫は泳ぐのでもなく潜るのでもなく、水と光のなかで腕と首と脚を、それに指を、ゆっくりと丁寧にじわり動かしていく。咲音が水中で見守るなか、裸の脚をゆらり開き、次第に広げ、閉じていく。その腰は、日が経つにつれ少しづつ定まっていくように見える。水槽の外であれほど縮こまっている腰と脚が、伸び伸びと動きはじめている。咲音は懸命に目を見張っている。灰猫は顔を水に沈めているときも、水面に出しているときも、表情を変えない。

両目を真っ直ぐまえに、きれいに開いて咲音に向けている。裸の腕を揃えて前へ伸ばし、水に逆らわずにじっくりと広げていく。広げきると、指をばらばらに静かに動かしていく。ふだん灰猫は指も動いてはいないことに咲音は気づいた。首は、前へ後ろへほんのわずかに動かしているうちに、確かに、真っ直ぐになっていく。

灰猫が溺れないことを信じられるようになると、咲音は、灰猫の動きを真似てみた。頭の先まで全身を水に入れて、脚と首と腕をひろびろと伸ばして、手の指を、何も掴まず、触らず、ただばらばらに踊るように動かしてみた。頭の奥が、懐かしいように熱くなるのが分かった。

19

夜になる前に、灰猫が咲音の眼を真正面からみて「いつ出て行くん」と聞いた。

咲音が見切りをつけて母を探しに行くと灰猫が考えていることが伝わった。「決めていません」と、ありのままに答えた。探しに行くと決めていたら、灰猫にもっと母のことを聞く。

灰猫が咲音を見ている。

「わたしがあんたを、とりあげたん」。灰猫は前にそう言った。今は何も言わず、また頬にすこし空気を孕むように微笑した。

それから、すこし躊躇《ためら》うように言った。「わたしは人殺しの嫁や」

それは嘘を言いふらす男性の言葉です。灰猫さんが言わないで。

人殺しの嫁という言葉の恐ろしさ、灰猫が口にすると胸に突き刺さる深さがまるで違うと咲音は思った。

「戦前は、女子は十五歳から結婚できた。わたしは昭和二十年の五月二十九日に結婚した。十五歳になって四日やった。相手は、村の誇りの海軍士官や。三か月もせんうちに日本は戦争に負けた。島で戦死したはずの主人が、生きて帰ってきた」

「みんないなくなったのに、部下を死なせた士官が帰ってきたということですか」

「そや。戦争も知らんのに、よう分かるな」

「アメリカは日本に勝ってから戦争ばかりの歴史です。でも、ご主人みたいになると、アメリカでもデンマークでも立場は苦しいですよ」

「そうかもしれん。そやけど、あんな手のひら返しはあるかな。村が送り出した士官は主人だけやない。もうひとり、陸軍で早くに戦死した士官がいらした。忠義の御柱《みはしら》ちゅうてな、名前を刻んだ大きな木の柱を村に立てた。それが戦争に負けたら、もう翌々日には寄ってたかって引き抜きよった。それから親を、何であんな子を産んだんやって責め立てるんや」

咲音は、引き抜いた村人たちの話も聴かないと分からないと思いつつ、知らなかった祖国の姿に衝撃を感じた。

灰猫は、それきり黙っている。ご主人の話が出てこない。

「生還された海軍士官はどうなったんですか」

「村長になった」

「え、凄いじゃないですか。陸軍士官と逆のことが起きたんですね」

「違う」

「え、違わないでしょう」

「そんな簡単なもんやない。あんたには分からん」

「分かるように話してください」

「いやや」

「…灰猫さん、誕生日、今月の二十五日なんですね」

「あ？」

「さっき、五月二十九日の結婚が十五歳になって四日目と言ってらした」

「あ、はい」

「わたしと同じ日です」

「え、ほんま」

「ほんまです。五月二十五日に二十六歳になります」

「わたしはとうとう九十歳や」

「灰猫さんは十六歳ぐらいで村長夫人になったんですか」

「十八歳や。主人は三年間、無職で這いずり回って、治水をやってきたんや。海軍兵学校出は数学に強いから独学でもやれたんかな。土木を一生懸命に勉強しはって、治水の計画をつくってた」

「治水」

「そう。このあたりは昔から雨ばっかりやから」

「それで村長に選ばれたなら、真っ当な話じゃないですか」

「違う、言うたやろ。晒しもんや」

「晒しもんって何ですか」

「敗戦直後の日本に治水なんか無理や。予算が取れへん。それを承知で村長にして、ほら、帝国海軍の士官やったというても何もできひんという晒しもんにしようと、いうことやった。主人は何もかも承知で引き受けた」

「すこし分かります」

「そこへ、ほんまもんの大雨が来た。この頃の雨の降り方は異常やけど、あのときの大雨は、今のおかしな雨とそっくりや。河の氾濫をとめるのは無理やから、主人は村民を避難させた」

「はい」

「そこが背水に襲われたんや」

「はいすい」

「背《そむ》く水と書くん。咲音さんは、お弁当を買いに行ってくれたときに、小川の横を通ったやろ」

「はい。ちいさな川でした。あれが氾濫しても、そんなに大変なことになるんですか。道までずいぶん高さもありました」

「その通りや。そのちいさな川が大きな河に合流するときに、大きな河の水が増えすぎると合流でけへん。でけへんから、どおっと水が戻ってくるんや。それが、避難してた人をぜんぶ呑み込んだ。主人だけ、泳いで生き残った」

咲音は声を喪った。

「主人は、二度、人殺しをやったと言われて、庭の木で首を吊った。人が死んでも死んでもまだ足りん」

その夜が明けようとするとき、山もまだ目覚めないなかを咲音は洋館五階の高い窓の部屋に上がった。

最初に上がったときは床の板が湿っていた。今はすっかり乾いている。あれから十回を超えて、ここに来た。夜明け前に来たのは初めてだ。ずっと心地よい疲れで、日が昇ってから目覚めていた。

目のまえに暗い扉がある。両手で観音開きに押して、切り開かれた窓から今朝も遙かな森の切れ目を見た。

最初に見たときは思いがけない紅が、窪地の底に伸びていた。

いずれにせよ、まもなく、この窓から世界を見ることはなくなる。今日はもう水槽に入らずに少年運転士の家を訪ねてみよう。運転士が居なくても、高夫さんに伝言を頼もう。いつか湖が現れたら、どうか灰猫さんを連れて行ってあげてください。それだけは頼んでいこう。

わたしはきっと、湖を見ることがない。

20

するすると音もなく夜が去って行く。地上ではないような、深い海の底の崖っぷちのような青い空気が、森と空と窪地を満たしていく。

咲音はバスターミナルで空を見あげたときを思い出した。あのとき世界が息を吐きながら降りてきて、雨が天へ引いていったのだった。そして思いがけなく白バスが動いた。光った。

窪地に、鋭い光がある。

咲音は目を凝らした。窪地は真西だ。この五階の背後から、日が昇る。ますます目を凝らした。間違いない。うしろの朝陽が、窪地の何かを光らせている。

水だ。

咲音は梯子を落ちるように降り、階段を飛ばして降りた。

灰猫の車椅子と並んで屋敷を出たのは、午前五時四十八分だった。咲音は山登りのザックに、ふたりの練習衣や、咲音がデンマークから持ってきた大ぶりのタオルに水筒、洋館にあった小さめのタオル、それにパンを急いで入れて担いでいる。

水の岩で左へ折れると、十日ほどまえの記憶より、はるかに深く夏草が茂り、獣道のようにかろうじて道らしきものと分かる。

咲音は「なぜいつも窓から見るだけで、実際にこうやって行ってみようとしなかったのだろう」と考えた。その幻の湖に、わたしが出逢うはずはない、父も母もいない子に、そんなことは起きないと思い込んでいた。

灰猫は一言も口をきかない。真一文字に唇を結んでいる。懸命に車椅子の銀の外輪を両の手で送り、前へ。

やがて森が盛りあがるように濃く、大きくなっているところで灰猫が車椅子を止めた。

時刻は午前七時十八分、ふたりとも汗びっしょりだ。

「ここや」

咲音は緊張して声が出ない。

「見てきて。おねがい」

咲音は、その密集した木々のあいだを左奥へ入ってみた。かすかに細く、小道らしいものがある。足はとられない。しかし車椅子は、とても入れるとは思えない。

突然に、目の前が開けた。

悠々と満ち足りるように水を湛えた湖が左へ、まずはいくらか細く始まり、その向こうはひろびろと水が続いていく。

風のあることに初めて気がついた。水面に柔らかなちいさな襞々《ひだひだ》が立ち、朝陽はもうそこに穏やかに散っている。あの鋭い光は、最初の一瞬の光だったのだ。

咲音は脚を踏みしめて、ゆっくりと戻った。灰猫の眼に、話した。灰猫は世界が始まるように笑った。

21

車椅子を降りた灰猫と手を繋ぎ、じりじりと湖に近づく。

いちばん手前に、汀《なぎさ》のような場所があることに咲音は安堵した。汀と言っても砂地ではない。丈の低い草地が畳一畳と半分ぐらいある。そのほかの水際は、みな寄りつくところもない。ふだん水のないところに水が高く満ちている気配がくっきりとある。

灰猫は、やはり肩で息をしている。一時間三十分も休まずに車椅子の外輪を両手で押し、そして、この水際に来るとき全身をぜんまい仕掛けのように動かしてきた。顔を覗き込むと青黒い。こんな顔色は見たことがない。

咲音は自分の白い練習衣を汀に敷いて、灰猫を力の限り支えて座らせ「すこし休みましょう」と言った。灰猫は無言で頷き、からだをじっくり丁寧に伸ばして横になった。咲音は、その上に大きなタオルを掛け、小さなタオルを二枚重ねて枕代わりに、灰猫の頭の下にそっと入れた。すぐに灰猫の寝息が聞こえた。

その真横で、膝を抱えた。風が止んでいる。咲音は灰猫を見ながら風が止んだのは奇跡だと思った。灰猫の体温が奪われないで済む。最悪のことにはならないように祈りつつ、縮んだ皮が骨に貼りついた灰猫の手首の脈を数えた。

この湖がこの先、何日持つにしても、灰猫の来ることができるのは、このただ一回だと思い知った。

灰猫の寝息は規則正しい。いくぶん安心して、咲音は水が満ちる前の窪地を思った。広大なアラスカで大学生たちが練習していた大きな野球場のグラウンドよりずっと広いだろう。いま、湖の全体は見えない。右手に森がせり出しているところがあり、その向こうにも確実に湖が続いていると感じる。

何時になったら、この湖に入るべきなのか。腕時計を見ながらそれを考え、ほんとうは命に関わることなんだと考えた。

水槽はやはり練習だった。この未知の湖に灰猫という老婆が入り、誰にも支えられずに脚や手や首を動かす。

事の重大さに、咲音はぞっとした。

気がつくと、灰猫の眼が丸い。首だけ動かして咲音を見ている。

「さ」

ただ息を吐いただけかと思ったが、灰猫はもう一度、「さ」と言った。

入るのか。時刻はぴったり八時だ。灰猫は十三分しか寝ていない。水も、まだ充分に冷たいだろう。

しかし咲音は迷いを振り切った。

あの白いバスで「降りましょう」と声をかけると灰猫が初めて咲音に向かって顔をあげた。深い皺のなかに両眼だけが黒く丸くきれいに開き、静まっていた、灰猫は今、その眼だ。

咲音は登山服に手を掛けて脱ぎ始めた。灰猫も懸命に手を動かして、作業服のような紺の上下を脱ごうとしている。

裸の全身に朝陽を浴びながら、咲音と灰猫は手を繫いでそろりと汀を進み、永遠の時のようにゆっくりと水に入っていった。

冷たい。

しかし足元は意外なぐらい、しっかりしている。窪地のまま、ひとときだけ水を湛えているのだと分かる。足の裏に密生した草が触る。

水草じゃない。大地の草だ。

その確かさに勇気づけられていると、あっという間に深くなる。咲音は、おのれの命にも関わると冷静に思った。そして灰猫の右手を咲音の右手で握り直しながら、背後に廻った。背に、自分の胸を付けて左手で、灰猫の左手も握った。灰猫の全身を支えることに集中しながら、一緒に全身を水面の下に入れると灰猫の身体は音もなく軽くなった。

あぁ、水の力は、天の力だ。

それに気づいた灰猫さんは、ほんとうに生きるひとだ。

咲音は、涙が水のなかで何粒かこぼれた。

練習のおかげで、泳ぎもせず溺れもせず、短い時間とはいえ、背の立たない水中で両の眼を開けていられる。

と、繋いだ手を灰猫がゆっくりと振り切るように離し、ゆらり離れながら、くるりと縦に回転した。咲音は、水中で目を見開いた。水槽の練習では、ただの一度も見なかった動作だ。灰猫は正面から咲音にぴたりと視線を合わせながら、広い水の中で脚をおおきく広げ、腕と首を伸ばした。ぜんまい仕掛けのように縮み、咲音の助けを受けていたにんげんとは別の生き物が生まれた。

そして灰猫はそのまま楽に漂ったかと思うと、脚を揃え両腕を体側につけ背中を伸ばして反りかえり、力を抜いて、また反り、力を抜いて、もう一度反り、咲音へいくぶん近づいた。

咲音は水中にいる怖さをほんのひとときき忘れた。老いた命が世界の縛りから解き放たれる、そのかすかな気配が水のなかを伝わってくる。

灰猫は顔をゆっくり底に向けた。漂う。あぶくを出さない。息を吐いていない。

咲音はわずかに待ち、意を決して深く沈み、底を蹴って、腕を強く搔いて一気に灰猫の背後に廻って、両腕で灰猫を抱えた。藻搔《もが》くと両足の爪先が浅瀬に触れた。幸い、底が堅い。

両の親指で蹴って、蹴った。

22

灰猫が身体をやっと拭き終わり、紺の上下を着てふたたび横たわったとき、咲音は「行ってきます」と言った。灰猫が眼で頷いた。

咲音は胸と腰のタオルを取って水に駆け込み、そのままクロールで大きく泳いだ。どんどん泳いで、右にせり出した森の先を廻るとき立ち泳ぎで汀を見た。灰猫が平たく横たわっていることが遠目に見えるだけだ。しかし確信があった。灰猫はきっとしっかり呼吸しながら安息のなかにいる。

もう一度、沖合に向き直り、おおきく泳ぐ。湖は思ったより遥かに遠くひろく続いている。真ん中に出てから左に逸れていき、やがて壁のような水際に着いた。

水から突き出ている太い楠の緑濃い枝につかまり、息を整えた。白く淡い小さな花がひとつかみだけ、楠の幹に咲いている。ほんのかすかに指を触れた。

そして潜った。壁を伝って、次第に底を目指す。ここは窪地と森の境目なのだろう。魚はいない。動く虫もない。この底まで透き通る水に、生き物はいない。そう感じる。

いつ現れるか分からないこの水はきっと、窪地のすべてのちいさな生き物を殺してしまう。

と、目前の奥深い水の世界に、白と墨色がまだらの鳥が羽をたたんで音のない大きな音を立て、細い躰を突き通してきた。暗い銀色のくちばしに、ちいさな蛙の腹が刺さったのが見えて、鳥は一瞬ふわりと漂って羽をわずかに膨らませ、波動を咲音にぶつけるように一度だけ羽を叩いて、眩しい水面へ駈けあがって消えた。

色のほとんどない蛙が二匹、水底の小石の陰にいることに気づいた。

咲音は水を掻いて顔を出した。鳥はどこにもいない。半身を躍らせて、頭を尖らせて、また潜った。

薄い微小なナイフが一面に踊っているような光を抜けると、巨大な融けない氷のような光が無言でぶつかってくる。

咲音はふたたび水面に顔を出し、大きく息をして潜った。羊水って、こんなふうに透明なんだろうか。心臓の音が聞こえる。

最後にもう一度、浮かびあがると、四肢を真っ直ぐに伸ばしてから、汀へ抜き手で猛然と泳ぐ。

ちいさい頃から泳いできた。アラスカの夏は短かった。泳ぐたび水は違う。眠かったり気持ちよく目覚めていたり、肉体のちょっとした違いで水は重さも抵抗もがらりと変わる。生命は水から生まれたからなのか。

幻の湖の水は摑みやすく、手のひらで後ろに送りやすく、重すぎず、軽すぎず、浮かず沈まず、咲音はぐいぐい泳ぐ。

水槽の練習で知った動作はしない。わたしは今ひとりだ。

湖と別れるためにもう一度、潜ると、思いがけず水中に崖が現れた。

あの崖からさらに飛び降りて潜ると、きらめく緑の水が流れる懐かしい川を見る気がする。その川いっぱいに船が進む。甲板にひとり飛び乗り、左手のうしろを振り返ると、ちいさな灯りを一面に散らした丸い山がふたつ水のなかに見える。きっと見えるだろう。その山に棲むのは肉体の無いひとびとだ。

飛び降りちゃいけない。戻りなさい。

父の声が聞こえた。

いいえ、わたしは父もいない、母もいない。初めての人間だ。

やがて眼の下で底がせり上がってくる。息苦しくなればなるほど頭上から光が眩しい。

膝下あたりの水の中で立ちあがった。汀に、灰猫が縮んで蹲《うずくま》っている。まばゆい逆光のなかに顔が思いがけず若い気もして、咲音は、はっとした。

森から陽の匂いが送られてくる。

水を出て近づくと灰猫は遠くを見たままゆったりと口を開いた。

「高夫さんには無理やなぁ」

咲音が頷くと、灰猫は咲音を見上げて「泳いでデンマークに帰るん？」と聞いた。

ちいさく吹き出しながら咲音は膝を閉じ、灰猫の前に屈み込んで聞いた。

「灰猫さんは、きょう湖が現れるって、知っていたんですか」

「虫で分かる」

虫？

「虫が騒いでた。湖ができそうになったら虫が逃げてくる。屋敷にも逃げてくるんや」

「蛙だけは逃げて来ない」

「何で知ってんのん」

「さっき、鳥が蛙を水の中で刺すのを見たんです」

灰猫は黙って頷いた。

「鳥も蛙も、湖を待っていたんでしょう。灰猫さんも、待っていてよかったね」

灰猫が咲音の眼を覗き込んだ。

「わたしは待ってない」

「え、待ってたじゃないですか」

「待ってない」

「そんな。じゃ、なんのために練習したんですか」

灰猫はわずかに顔を遠ざけて、ゆっくり笑った。

「咲音さんと会ってからは、待ってない」

咲音は顔を近づけ、右手で灰猫の髪に初めて触れた。そして両の手を灰猫の左手に伸ばし、枯れ木に繋ぐように指を絡めた。灰猫は手も指も動かさない。

「待たんでもな、何にも期待せんでもな、できることはある」

灰猫の髪は思ったより薄く、もう乾きはじめている。

「主人が死んだあと、八か月の男の子が家で死んだ。朝に吐いて痙攣するようになって、すぐ死んだ。わたしはよう知らん、優しげなひとと再婚した。子どもは、わたしが嫌がったから、できんかった。八年前に亡くなりはった。楽になったって顔、してはった。わたしは男の子が死んでからずっと、ほんまは自分のことばっかりやった。勉強が好きで、ひとりでいっぱい本は読んだ。そやけど誰の役にも立たん。生きてる意味がないのに死ぬのが怖かった。咲音さんと会っても何も変わらん。わたしは死ぬだけや。わたしらは、人間がいつか死ねんようになる前に、命の最期の一滴まで怖がってな、死ぬだけや。それでも咲音さんのために練習して、こないに楽になった」

「楽に、ですか」

「うん。咲音はわたしのために練習してくれた。それで、わたしも、咲音のために練習できたんや。もう待ってなかった」

灰猫はそう言うと、絡めた咲音の指をゆっくりと一本づつ右手で引き剝がしていった。咲音は胸を突かれて、それを見ている。しっかりと絡めていたのに、灰猫は思いがけなく強い力で剝がしていく。白いバスの銀色のパイプを摑んだときのようだと咲音は、ぼんやり考えた。

灰猫は、咲音の開かれたままの手を取って、咲音の裸の膝のうえに置いた。そのまま置き去りにした。

ドウメイも消えるのですか。消えないのですか。

灰猫の丸い瞳に、咲音は無言で尋ねて、ふと口に出た。

「わたしは、母を見つければ、灰猫さんのほんとうの名前も聞ける。そうですね」

「わたしの骨に名前はあれへん」

灰猫は平静にそう言った。

目を閉じたのかと思ったら、そうではなくて薄く開いている。わずかに見えている瞳が黒く生き生きと濡れている。

23

夜が明けるのを待って、咲音はザックを背に洋館から門へ歩いた。灰猫は母屋でひとり、やすんでいるようだ。

二本の高い銀杏が新緑に風を受けている。太く浮きあがった根のあいだから、白い痩せた仔猫が真っ直ぐ、咲音に向かってくる。

受け止めようとして屈み、咲音はそのまま見送った。仔猫は足音を立てずに、母屋の黒い玄関から奥の深くへ駆けていく。

咲音の脳裏に灰猫の寝顔がありありと、そこに居るかのように浮かんだ。血を喪った顔を横一線に細く切ったように、瞳が見えている。白い膜に覆われて、それでも黒く濡れ残したまま、動かない。これから永遠に乾いていくのか。

母屋のうえの空に、雨の気配はない。ふり返り、門に顔を向けた。そこに豆車のお尻が見えた。

（了）